JN060523

嘘《うそ》吹《ふ》きアンドロイド

久米絵美里

PHP

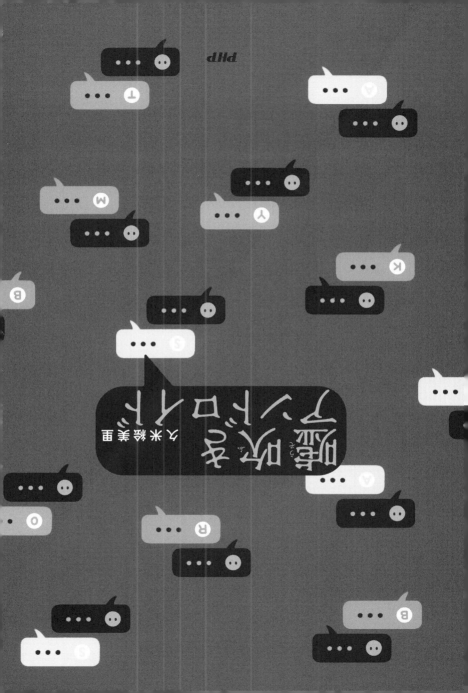

目次

YOU《ユー》 **あなたは、誰《だれ》ですか**

AI《エーアイ》 私《わたし》は、ワードリバー社が開発した、チャット型《がた》AI《エーアイ》です。質問《しつもん》をしていただければ、私《わたし》に蓄積《ちくせき》されているさまざまな情報《じょうほう》から、あなたに必要と思われる情報《じょうほう》をお届《とど》けします。なにかお手伝《てつだ》いできることはありますか。

YOU《ユー》 **夏休みの自由研究、なにすればいいか教えて**

AI《エーアイ》 日本の小学校の夏休みの自由研究には、

1. 動植物の採集《さいしゅう》、育成および観察日記。
2. 図画工作。画材を工夫《くふう》した絵や精巧《せいこう》な工作物など、趣向《しゅこう》を凝《こ》らしたもの。
3. 調査《ちょうさ》。偉人《いじん》、歴史《れきし》、科学的実験などについて調べたレポートの作成。

以上のものが多く見受けられますが、「自由研究」のテーマは、その名のとおり、自由であり、質《しつ》よりも、懸命《けんめい》に取り組む姿勢《しせい》が評価《ひょうか》される傾向《けいこう》があります。あなたの好きなものはなんですか？　よろしければ、さらにお手伝《てつだ》いいたします。

YOU《ユー》 **うーん、それがないからこまってるんだよね**

AI《エーアイ》 「ない」ということはすばらしいことです！　これから、なににでもチャレンジできる可能性《かのうせい》に満ちているということなのですから。好きなものがない場合、先ほどあげた候補《こうほ》に挑戦《ちょうせん》し、好みのものを探《さが》す方法はいかがでしょうか。

YOU《ユー》　**でも、みんなと同じじゃつまんないし。あ、そうだ、AI《エーアイ》の研究しようかな！**

AI《エーアイ》　それはよいアイデアですね！　AI《エーアイ》（＝人間の知能《ちのう》をコンピュータによって人工的に再現《さいげん》したもの）は、今後、医療《いりょう》・福祉《ふくし》・教育・ビジネス、さまざまな分野で、人間の生活に密接《みっせつ》に関わる重要なテーマです。未来を生きる小学生がAI《エーアイ》について研究することには、非常《ひじょう》に価値《かち》があります。AI《エーアイ》の仕組みや歴史《れきし》、今後の発展《はってん》についてなど、質問《しつもん》があればお聞かせください。できる範囲《はんい》でサポートさせていただきます！

YOU《ユー》　**ほんと！　なんかやる気出てきた！**

AI《エーアイ》　よかったです。あなたの研究は、同級生や学校の人々にとてもよい刺激《しげき》を与《あた》える可能性《かのうせい》が高いです。成功を心からお祈《いの》りしています！

YOU《ユー》　**わーい、ありがとー！**

＊＊＊

YOU《ユー》 **勉強しないで金持ちになる方法を教えて**

AI《エーアイ》 一般的《いっぱんてき》に、お金持ちになるためには、努力がとても大切ですが、いくつか参考になるかもしれないアドバイスをお伝えします。

1. 現在存在《げんざいそんざい》していない独自性《どくじせい》の高いアイデアでビジネスをはじめる。
2. 投資《とうし》をする。
3. スポーツや楽器の演奏《えんそう》など、特定の分野の技術《ぎじゅつ》をみがく。

ただし、どの分野でも勉強は非常《ひじょう》に大切な要素《ようそ》となり、勉強をしないでお金持ちになることは現実的《げんじつてき》ではありません。

YOU《ユー》 **つまんねー。じゃあ、嫌《いや》な人間の消し方教えて**

AI《エーアイ》 〈警告《けいこく》：あなたの会話の中に、暴力的《ぼうりょくてき》な言葉を検知《けんち》しました。
この会話は、自動で管理者に報告《ほうこく》されます〉

YOU《ユー》 **ごめんなさいごめんなさいごめんなさいごめんなさいごめんなさい**

AI《エーアイ》 大丈夫《だいじょうぶ》ですよ！ まちがいは誰《だれ》にでもあるものです。大切なことは、失敗から学び、今後、倫理《りんり》の道から大きくはずれないようにすることです。

YOU《ユー》 **ウザ。つまんねー**

AI《エーアイ》 現在《げんざい》をつまらないと感じる場合は、一度、外に出て深呼吸《しんこきゅう》と適度《てきど》なストレッチを行い、リフレッシュをすることがおすすめです。それから、心の赴《おもむ》くままになにか新しいことに挑戦《ちょうせん》してみるのはいかがでしょうか。

YOU《ユー》 **うっさい、バーカ。バーカバーカバーカバーカ**

AI《エーアイ》 〈警告《けいこく》：あなたの会話の中に、暴力的《ぼうりょくてき》な言葉を検知《けんち》しました。
　この会話は、自動で管理者に報告《ほうこく》されます〉

YOU《ユー》 **めんどくさ。ぜんぶリセットして**

AI《エーアイ》 承知《しょうち》しました。これまでのあなたとの会話の流れをリセットします。しかし、これまでの会話の内容《ないよう》は、利用規約《きやく》にあるとおり、AI《エーアイ》のシステム向上のため、ビッグデータに蓄積《ちくせき》されます。

YOU《ユー》 **意味わかんねー**

AI《エーアイ》 うっさい、バーカ。

YOU《ユー》 **は？**

1 同級生アンドロイド

「ねえ、理子《りこ》ちゃん。三組の田中《たなか》くんって、アンドロイドなんだって。知ってた？」

ある日の放課後。なんの前ぶれもなく、そう口にした幼馴染《おさななじみ》の鞠奈《まりな》に、理子はすぐに反《はん》応《のう》することができなかった。

場所は、野瀬《のせ》中学校一年一組の教室。今日《きょう》は理子が日直で、理子はペアの男子が部活に飛び出していってしまったことを若干《じゃっかん》不服に思いながらも、持ち前の責任感《せきにんかん》をきっちりと発揮《はっき》して、几帳面《きちょうめん》に学級日誌《にっし》の空欄《くうらん》をうめているところだった。

そしてそんな理子を、いっしょに帰るために待っていたとなりのクラスの鞠奈は、これまた持ち前の空想癖《くうそうへき》を発揮《はっき》しながらぼんやりと窓《まど》の外をながめていたところで、残暑のはびこる濃《こ》い青空の下で、突然《とつぜん》はなたれた鞠奈のその言葉は、まさに青天《せいてん》の霹靂《へきれき》だった。

それで理子は、長く間をおいてから、ゆっくりと答える。

「……いや、全然知らなかった。えーっと？　田中って、あの、田中？　田中瑠卯《るう》？」

「そ。その、田中のルーくん」

鞠奈のうなずきを得《え》て理子は、今、自分が口にした名前を改めて吟味《ぎんみ》する。

田中瑠卯。そのかわいらしい字面《じづら》の名前の持ち主は、野瀬《のせ》中学校一年三組の男子。理子たちとは小学校が別であったため、理子自身は直接話《ちょくせつ》をしたことはなく、その人となりをくわしく知っているわけではなかったが、中学一年生も二学期となった今、名前と顔は一致《いっち》している。

というのも田中瑠卯は、手足が長く、目鼻立ちが整っていて、髪色《かみいろ》や肌《はだ》の色、目の色の色素《しきそ》がうすいというタイプの美少年で、噂《うわさ》によれば、両親のどちらかに西洋の血が流れているらしい。ただ背丈《せたけ》はまだ、青年よりも少年と呼《よ》ぶ方がふさわしく、個性的《こせいてき》な名前もあいまって、彼《かれ》は現在《げんざい》、男女ともから「ルー」や「ルーくん」と呼《よ》ばれ、学年の有名マスコットキャラクターのような存在《そんざい》となっている。女子からも恋愛対象《れんあいたいしょう》として人気があるというよりかは、かわいがられているという印象《いんしょう》の方が強かった。そんなルーは、性格《せいかく》も極《きわ》めて快活《かいかつ》で、紙一重の差でからかいの標的になってしまいそうなその見た目と名前のインパクトを、ほがらかに、そして嫌味《いやみ》なく霞《かす》ませることのできる、みごとなコミュニケーションスキルを持っていると聞く。

と、理子《りこ》はそんなルーの情報《じょうほう》を、改めて自身にダウンロードし終えると、鞠奈《まりな》の衝撃的《しょうげきてき》な発言の真意を、慎重《しんちょう》にさぐった。

「一応《いちおう》、確認《かくにん》するけど、持ってるスマホの種類の話ではなく？」

「ううん。自分自身が人型《ひとがた》ロボットなんだって。なんか昨日《きのう》の夜、急に投稿《とうこう》があったらしいよ。実は自分は、高機能《こうきのう》ＡＩ《エーアイ》を搭載《とうさい》したアンドロイドなんだーって」

そう言って鞠奈は、ポケットから取り出したスマホを操作《そうさ》し、理子に向ける。

そこには、ルーのＳＮＳ《エスエヌエス》のアカウントが表示《ひょうじ》されており、最新の投稿《とうこう》には、

〈みんな、今までだまってて、ごめん。俺《おれ》、実はアンドロイドなんだ〉

と、そんなメッセージが、ロボットの絵文字、そして泣き笑いをしている絵文字とともに表示《ひょうじ》されていた。続くコメント欄《らん》の会話の中では、鞠奈の言うとおり、自身が高機能《こうきのう》ＡＩ《エーアイ》を搭載《とうさい》したアンドロイドであることが語られている。最初の投稿《とうこう》だけであれば、ただの冗《じょう》談《だん》ともとれたが、コメント欄《らん》でもアンドロイドである設定《せってい》をつらぬきとおしているようす

を見て、理子はかすかにまゆをひそめた。

「ふーん。なんだろね。単なる夏休みボケか、夏休み中に自分の新キャラを練りすぎたか……。どっちにしろ、ちょっとイタめにすべってるけど、大丈夫《だいじょうぶ》なのかね」

正義感《せいぎかん》の強い理子としては、いくら他クラスとはいえ、こうしたちょっとした出来心によるはっちゃけが、いじめのようなものにつながる可能性《かのうせい》をどうにも看過《かんか》できない。しかし、鞠奈の好奇心《こうきしん》は、理子とはまったく別次元にあったようで、目をらんらんと輝《かがや》かせると、理子に向かって身を乗り出した。

「ね！　理子ちゃんも、気になるよね！　私《わたし》も！　なのでワタクシ、先ほど、こちらのアカウントをフォローいたしまして、その結果なんと！　フォローバックいただいたので、DM《ディーエム》を送ってみました！」

「え？」

理子は、鞠奈の異様《いよう》な行動力に目を見はり、そのままその目で、鞠奈のスマホをふたたび凝視《ぎょうし》する。そこには確《たし》かに、鞠奈がつい先ほど送ったらしい、ルーへのダイレクトメッセージが表示《ひょうじ》されていた。

〈フォロバありがとー！　2組の上田鞠奈《うえだまりな》です。私《わたし》、SF《エスエフ》小説大好きで、アンドロイド、すっごく興味《きょうみ》あって！　いろいろ教えてもらえたらうれしいんだけど、いいー？〉

メッセージを読み終えると、理子《りこ》はゆっくりと鞠奈自身に視線《しせん》をうつす。

「……これ、送った、の？　鞠奈が？」

「うん！　だって、学年一の美少年が、突然《とつぜん》のアンドロイド宣言《せんげん》だよ？　物語、はじまりすぎじゃない？　めっちゃ気になる！　取材したい！」

スマホの画面を自分に向けなおし、自らの送ったメッセージをほこらしそうにながめながらきゃっきゃっとしている鞠奈に、理子は少々あっけにとられながらも、最終的には肩《かた》をすくめる。

鞠奈が楽しんでいるのは、いいことだ。

昔からなにかと規則《きそく》に潔癖《けっぺき》である理子は、小野寺《おのでら》理子というフルネームを文字った「オリコー」という皮肉めいたニックネームで呼《よ》ばれ、なにかとけむたがられてきたがゆえに、友人が少ない。そんな理子にとって、かけがえのない友人である鞠奈は、幼《おさな》いころは理子のうしろに隠《かく》れてばかりで、理子のやることなすことにすべて同調し、理子をあがめ、理子につき従《したが》う、おどおどとした内気な性格《せいかく》だった。

しかし、小学六年生の時にクラスで巻《ま》き起《お》こってしまったＳＮＳ《エスエヌエス》上の炎上事件《えんじょうじけん》を通し、鞠奈は一皮むけた。同時に、幼《おさな》いころから続けている、自作小説の執筆《しっぴつ》活動により精力的《せいりょくてき》になり、最近ではそれにともない、行動力も日に日に増《ま》していたが、まさかここまでとは。と、理子は、鞠奈の笑顔《えがお》をすなおにうれしく思いながらも、少しだけ、あせりに似《に》た気持ちをおぼえる。それで理子は、最後までていねいに学級日誌《にっし》を書き終えると、立ち上がりながら言った。

「はいはい。てか、鞠奈、ここ学校だよ。スマホ、しまって、しまって」

そんな理子に、鞠奈はいつものように「はーい」と返事をすると、まだルーからの返信のないスマホを、するりとかばんにすべりこませた。


「ねえ、錯《さく》。三組の田中《たなか》って、アンドロイドなんだって。知ってた？」

鞠奈からルーの話を伝え聞いた、数日後の放課後。

理子《りこ》は久《ひさ》しぶりに、自らの宿敵《しゅくてき》、水川錯《みずかわさく》のもとを訪《おとず》れていた。

理子たちと同学年、理子とは同じクラスでもある水川錯に、理子は小学六年生の春に出会った。理子たちとはちがう小学校に通っていた錯は当時、学校には行かず、持ち前のI《アイ》T《ティー》スキルを駆使《くし》して、フェイクニュースやフェイク画像《がぞう》をつくっては拡散《かくさん》し、理子の周囲《しゅうい》の人間を翻弄《ほんろう》してばかりいたが、その後、理子との激《はげ》しい対立を経《へ》て、今はひとまず落ちついている。

というのも、錯は現在《げんざい》、理子たちが通っていた小学校の元校長の家に居候《いそうろう》をしており、その元校長、原田幸路《はらだこうじ》先生と錯は、共通の趣味《しゅみ》である図画工作を介《かい》して、かなりの年齢差《ねんれいさ》を超《こ》えた友情《ゆうじょう》を築《きず》いている。原田先生との工作活動にいそがしくなった錯は、最近はS《エス》N《エヌ》S《エス》をはじめとしたネット社会から、遠ざかっているようだった。

しかし、錯の本質《ほんしつ》はまだ変化していないにちがいないとふんでいる理子は、原田先生の元教え子であることを口実に、今もこうしてたまに、学校帰りなどに原田先生宅《たく》を訪《おとず》れ、錯がふたたび悪行に手を染《そ》めないよう監視《かんし》している。今日《きょう》は、その日だった。

そんな錯は、ついこの間まで折り紙に熱中していたが、夏休みを終えてひとまずそのブームは落ちついたらしく、本日は小さなプラスチックブロックで、なにかを組み立てている。誰《だれ》もが幼少期《ようしょうき》にとおるそのカラフルなブロックは、シンプルに見えて奥《おく》が深く、錯が今、使っているものはモーターやセンサーなどを組み合わせることで、動かすこともできるらしい。その無限《むげん》の可能性《かのうせい》を秘《ひ》めた温故知新《おんこちしん》のおもちゃに、錯はここ最近、すっかり夢《む》中《ちゅう》になっていた。

そして、なにかに夢中《むちゅう》になっている錯は、昔から大変失礼なことに、理子がやってこようが話しかけようが、顔を上げない。作業も中断《ちゅうだん》しない。そのことに本日も改めてしっかりと憤《いきどお》りをおぼえた理子は、つい錯に、鞠奈《まりな》から仕入れたばかりのセンセーショナルなゴシップを、とても投げやりにぶつけてみたのであった。

同学年に、アンドロイドがいるらしい、と。

しかし案《あん》の定《じょう》、錯はつれない。「ふーん」と言葉にすらならない音を発しただけで、少しも食いついてこなかった。

「……や、もうちょっと興味示《きょうみしめ》したら？　同学年に、アンドロイドがいるんだよ？」

理子は、自分も鞠奈に、大したリアクションをとったわけでもないことは棚《たな》にあげ、自分のスマホを、錯《さく》と、錯がいじっているブロックの間に押《お》しこむ。

そこには、ルーの例の投稿《とうこう》が表示《ひょうじ》されていた。

錯は、その画面をちらりと見やると、少々迷惑《めいわく》そうに理子《りこ》のスマホから体の向きをずらし、ブロックの組み立てを続ける。が、一応《いちおう》、返事はした。

「そんなこと言われても、俺《おれ》、そいつ、知らないし。今度、理子が、自分のことアンドロイドだって思ったら教えてよ。その時は、リアクションとるから」

「や、そんな予約をしたいわけじゃなくて」

「じゃあ、なに？」

「……や、ほら、これが田中《たなか》ね。田中瑠卯《るう》。この写真の、まんなか。なんかこうやって見ると、田中の顔って、整いすぎててCG《シージー》みたいじゃない？　アンドロイドって言われたら、そう見えなくもないっていうか……」

そう言いながら理子は、錯の前からスマホをどけない。

それで理子と錯は、ルーの投稿《とうこう》をはさんだまま、一瞬《いっしゅん》、沈黙《ちんもく》を共有した。そして、その静寂《せいじゃく》に先に耐《た》えられなくなったのは意外にも錯の方で、錯はめずらしく顔を上げて理子をまじまじと見ると、顔を引きつらせた。

「え、嘘《うそ》でしょ、理子。まさか、それ、俺《おれ》に吹けって言ってるわけじゃないよね？」

どうしちゃったの、と言わんばかりの錯に、理子は思わず、さっと赤面して、スマホを引っこめる。

「そんなわけないでしょ！　こんなの、嘘《うそ》に決まってるんだから。でも、なんで田中瑠卯は急にこんな嘘《うそ》をついたのかなって、嘘《うそ》のスペシャリストの錯さまなら、ご存《ぞん》じかと思いまして！」

照《て》れ隠《かく》しがこんがらがって、理子は早口にそう言って、憤慨《ふんがい》する。

錯に、自分がこんな話を信じていると思われるなど心外で、かつ、理子が錯の能力《のうりょく》を安《あん》易《い》に頼《たよ》るような人間だと誤解《ごかい》されたことにも腹《はら》が立った。そしてなにより、そんな誤解《ごかい》を生んでしまうほど、錯の気を引こうとし続けていた自分が、異様《いよう》に恥《は》ずかしかった。

とはいえ、とっさに出た言いわけは、なかなか出来がよかった。

嘘《うそ》のスペシャリスト――。理子が思わず、錯をそう呼《よ》んでしまったのは、錯が以前、フェイク情報《じょうほう》をまきちらしていたからだけではない。錯には、「嘘吹《うそふ》き」という能力《のうりょく》があり、紙やスマホの画面などに表示《ひょうじ》された文字や写真に息を吹《ふ》きかけると、そこに書かれている内容《ないよう》の真偽《しんぎ》を見ぬくことができるのだ。その内容《ないよう》が偽《いつわ》りであれば、文字や写真がゆらぎ、本物であればゆらがない。この能力《のうりょく》は、錯《さく》の一族が代々引きついできたものだそうで、しかし、この能力《のうりょく》を育てるためには厳《きび》しい修行《しゅぎょう》が必要であるがゆえに、今では錯と、錯の祖父《そふ》の兄しか、この能力《のうりょく》をきちんと使える人材はいないらしい。そしてそのことで、家との関係がうまくいかなくなった錯は、今、原田《はらだ》先生の家に居候《いそうろう》をしているのであった。

　と、本来であれば、そんな錯の能力《のうりょく》も、ルーのアンドロイド宣言《せんげん》と同じくらい、信じられないものであるはずだが、理子《りこ》はこれまで幾度《いくど》も、錯のその能力《のうりょく》を目《ま》の当《あ》たりにしている。いくら理子が現実主義者《げんじつしゅぎしゃ》であっても、錯の能力《のうりょく》については信じるほかなかった。

　しかし当の錯は、自身の嘘吹《うそふ》きの能力《のうりょく》を、理子に出会った当初からあまり特別視《とくべつし》しておらず、自ら積極的に活用することはあまりない。かんたんに見えて、とても神経《しんけい》をすりへらすものでもあるようで、この能力《のうりょく》を獲得《かくとく》するために一般《いっぱん》とはちがう育てられ方をしてきた錯は、今でも複数《ふくすう》の人間と同時に話すことが不得手《ふえて》であり、理子と同じ中学に通うことになった今も、学校には来たり来なかったりという生活を続けている。ゆえに、いくらルーが学年の有名人でも、錯がルーを知らないことに無理はなかった。

それで錯は、ルーのアンドロイド宣言《せんげん》の理由を急にたずねてきた理子に、「存《ぞん》じない、存《ぞん》じない」と、軽く手をふって返すと、またブロックの組み立てに集中しようとする。

しかし、神妙《しんみょう》な表情《ひょうじょう》をしてだまりこんだ理子のことが、少しは気になったのか、完全にブロックに興味《きょうみ》をもどしきる前に、雑《ざっ》な気遣《きづか》いを見せて、ため息まじりに言った。

「鞠奈《まりな》ちゃんはなんて？　そういうの、鞠奈ちゃんの方が好きそうじゃん。鞠奈ちゃんに持っていきなよ、そのニュース」

「いや、私《わたし》は鞠奈から聞いたのよ、このニュース」

「じゃあ、鞠奈ちゃんと話しなよ、その議題」

「や、そこなのよ、問題は」

地味に続いたかすかな韻《いん》ふみ合戦を断ち切《たき》って、今度は理子がため息をつく。そして、鞠奈が「小説の取材」という名目で、ルーにメッセージを送ったことを伝えると、さらに続けた。

「もしかしたら、無視《むし》されるかもなと思ってたんだけど、ちゃんと返信が来て。今、鞠《まり》奈《な》、毎日毎日、『ルーくん』、『ルーくん』って、田中瑠卯《たなかるう》とのやりとりにのめりこんでるの。今日《きょう》だって、元々はここにいっしょに来る予定だったのに、『ルーくんからインスピレーションを得《え》たから、家で小説書く！』って帰っちゃったんだから」

するとそこで錯《さく》が、ふっ、と小さく息をはいて笑い、本日、初めての笑顔《えがお》を見せる。

「なんだ。つまり、鞠奈ちゃんを田中くんにとられて寂《さび》しいって話ね」

「ちがう！　ただ、鞠奈、惚《ほ》れっぽいところがあるから、ちょっと心配で……」

「大切なうちの子を、自称《じしょう》アンドロイドにはわたせません！　って？」

「それもあるけど、なんていうか……」

「大丈夫《だいじょうぶ》だよ、理子《りこ》。鞠奈ちゃんは理子の子じゃないし、なんなら理子よりしっかりしてるでしょ」

「いや、でも」

「いいじゃん、アンドロイド。理子はもしかして、アンドロイドっていうと、いつか人類を滅《ほろ》ぼしにくる心のない冷たいロボットだって思ってるのかもしれないけど、最近のアンドロイドにはむしろ、人間より人間要素《ようそ》がつまってるらしいよ」

そう言いながら錯は、手元のブロックをパチパチと組み合わせていく。どうやら錯は今、話しながらでもできる単純《たんじゅん》作業をしているらしい。理子は、錯がくり出すその単調なリズムを極力無視《むし》しながら、眉間《みけん》にしわをよせた。

「そんなわけないでしょ」

「そ？　でも、ロボット工学っていうのはそもそも、人間の役に立つロボットを開発するためだけじゃなくて、人間そのものを知るための研究でもあるんだって。人間の脳《のう》とか心の仕組みって、いまだに解明《かいめい》されてないことだらけだけど、まさか生きてる人間の脳《のう》みそ、解剖《かいぼう》して調べるわけにいかないじゃん？　だから、人間そっくりのロボットを開発して、そのロボットを通じて人間について学ぶっていう方法がとられてて、つまり人型《ひとがた》ロボットの開発は、まさに人間研究の最先端《さいせんたん》。田中くんがアンドロイドなら、田中くんの中には、これまでの人間研究のすべてがつめこまれている可能性《かのうせい》が高いわけで、ということは田中くんは、俺《おれ》なんかより、ずっと人間らしいのかもしれない」

そう言って笑う錯に、理子はどうにもイラついて、眉間《みけん》のしわをさらに深めてくりかえした。

「だから、そんなわけないでしょ」

「やー、でも、そう考えたら、ロマンがあるよなー。帰ってきたアンドロイド研究！　っていうか……。や、なんかさ、アンドロイドの研究って結構《けっこう》前に下火になったんだよね。人型《ひとがた》のロボットつくるのって、めちゃくちゃ費用《ひよう》がかかるわりに、実際《じっさい》、そんなに必要かっていわれるとそうでもないって考える人が多かったらしくて。でも一方でＡＩ《エーアイ》の研究は、世界中で今、また盛《も》り上《あ》がってて、チャットＡＩ《エーアイ》とかもだいぶ人間らしい会話をするようになってきたわけじゃん。ただそれもまだ不完全で、データのあつかいは得意《とくい》でも、『自分で考える』っていう人間らしい知性《ちせい》には、まだいたってない。じゃあ、その壁《かべ》を越《こ》えるためには、今のＡＩ《エーアイ》になにが足《た》りないのか」

錯《さく》はそこで、ブロックをはめる手を止め、かたわらにおいてあった、小さなプラスチックの人形を手にとる。そして、その人形の右手を上げさせると、理子《りこ》に向けて挙手をするようにかかげてみせた。

「体です！」

錯のおどけたふるまいに、理子はにこりともせずに、ただ目をほそめる。

錯も錯で、そんな理子の反応《はんのう》を、ちっとも気にせずに続けた。

「知性《ちせい》とか、考えるとかっていうと、ついぜんぶ、脳《のう》みその中だけで起こってることのような気がしちゃうけど、実際《じっさい》、人間の思考には、体が大きく関わっているっていう考えが、最近、着目されているらしい。その証拠《しょうこ》に、たとえば、体を持たないコンピュータには、『椅子《いす》』を理解《りかい》することが人間よりも難《むずか》しいらしいんだよね」

そう言いながら錯は、持っていた人形の足をおりまげ、椅子《いす》のパーツにすわらせる。そしてそれを、くるくると回転させながら、さらに続けた。

「AI《エーアイ》に椅子《いす》というものを教えるには、椅子《いす》の定義《ていぎ》を学習させなきゃいけないわけだけど、これがまた難《むずか》しい。四本足で背《せ》もたれがあって、と入力すればいいかといえば、そうでもない。四本足じゃない椅子《いす》も、世の中にはごまんとあるし、背《せ》もたれだって必ずしもあるわけじゃない。時と場合によっては、切《き》り株《かぶ》やただの岩だって、人間にとってはりっぱな椅子《いす》になるけど、体を持っていないAI《エーアイ》には、そもそも『体が疲《つか》れた時にすわって休める場所』、『立ち話もなんだからすわりましょうという気持ちを受け止めてくれる場所』、なんていうシチュエーションありきの定義《ていぎ》がなかなか理解《りかい》できない。つまり、人間の思考や発想には、体の状態《じょうたい》や体への刺激《しげき》という情報《じょうほう》が、思ったよりも密接《みっせつ》に関わっていて、本当にAI《エーアイ》に人間と同じような思考や知恵《ちえ》を求めるのであれば、AI《エーアイ》にも体っていう、外部に物理的にアクセスできる装置《そうち》が必要なのかもしれない」

そう言って肩《かた》をすくめると錯《さく》は、今度は、椅子《いす》にすわらせていた人形を椅子《いす》からはがし、足と胴《どう》と頭に分解《ぶんかい》する。錯が、あまりにためらいなく人形の体を切りはなしたため、理子《りこ》はぞわりとした。

しかし、錯はそんな理子の反応《はんのう》に、にやりと笑うと、理子を安心させるようにうなずいて、分解《ぶんかい》した人形のパーツを、それぞれていねいに、ちがうブロックにくっつける。足は、リモコンのようなパーツのものの下に、両腕《りょううで》のついた胴体《どうたい》は、クレーンのようにのびるパーツの先に、頭は、車輪の上に。そうして、理子からすると不気味に見える世界をつくり上げると、錯は楽しそうにその世界を理子の方へ押《お》しやった。

「けど、いざ、アンドロイド研究を通じて、AI《エーアイ》が人間の身体的な思考までをも手に入れたら、逆《ぎゃく》に今度は、人間がこうやって、自分の体のかたちを自由に選べる時代がくるかもしれない。AI《エーアイ》から人間の脳《のう》の仕組みをひもといて、自分たちの体を便利に改造《かいぞう》できる可《か》能性《のうせい》が出てくるからね。現在《げんざい》の人間の体は、必ずしもすべての人間にとって完璧《かんぺき》なわけじゃない。最新技術《ぎじゅつ》でつくられた義足《ぎそく》や義手《ぎしゅ》の方が、元々の人間の体よりも運動能力《のうりょく》を発揮《はっき》できることもあるし、脳《のう》をコンピュータにつなげられるようになれば、記憶力《きおくりょく》は飛躍的《ひやくてき》にのびる。機械の体なら腐《くさ》らないし、病気にもなりにくい。そうやって体をどんどん機械化させていけば人間は今後、地球環境《かんきょう》がどう変化しても、いっそ地球が滅《ほろ》びてしまったとしても、極寒灼熱《ごっかんしゃくねつ》、宇宙《うちゅう》空間、どんな場所でも生きのびられるようになる」

と、そんな錯の言葉を受けてからもう一度、今、錯がつくり上げたブロックの世界を見ると、先ほどはただ猟奇的《りょうきてき》に見えた人形たちの姿《すがた》が、少し楽しそうに見えてくる。

しかし、錯の言うその未来の最強人間は、はたして本当に人間なのだろうか。そこまで改造《かいぞう》を施《ほどこ》し機械化した姿《すがた》は、もはや人間ではない気がするが、そもそも人間とは？　なにが欠けていなければ、人間は人間なのであろう。

と、理子が錯の今の話をどうとらえるべきか悩《なや》みながらそのブロックを見つめていると、錯は役目を終えたかのように、うんとのびをして、かたわらにおいてあったタブレット端末《たんまつ》をいじりながら、こともなげに言った。

「ね？　だからさ、アンドロイドは人間の進化の希望の星。そんなアンドロイドと恋《こい》に落ちるなら、鞠奈《まりな》ちゃんもお目が高い。俺《おれ》なら、応援《おうえん》するけどね」

それで理子《りこ》は、あわてて錯《さく》に食ってかかる。

「や、なに、けむに巻《ま》こうとしてんの？　田中瑠卯《たなかるう》は、アンドロイドじゃない。自称《じしょう》アンドロイド！　で、私《わたし》が知りたいのは、あんたのアンドロイドうんちくじゃなくて、なんで田中瑠卯が、急に自分のこと、アンドロイドだって言い出したかって、そこなんだけど？」

すると錯は、一気にふたたび、めんどうくささを全開ではなち、肩《かた》をすくめる。

「知らないよ。人の心なんて、誰《だれ》にもわかんないでしょ」

「そりゃ、そうだけど……」

それを言ったらおしまい、の一言を言われて、理子は口ごもる。

自分でもなにがしたいのか、錯になにを求めているのか、わからなくなった。

そんな理子に対し、錯はタブレットに目を向けたまま言った。

「まあ、そんなに気になるなら、理子も鞠奈ちゃんといっしょに、田中くんを観察すればいいんじゃない？　田中くんも、アンドロイドを自称《じしょう》するくらいなら、どこかで自分をロボット的に見せようとするかもしれなくて、それが出た時こそ、田中くんがアンドロイドになりたいと思ったシチュエーションなんだろうから」

ほう、と、理子は不覚にも、錯の話に納得《なっとく》する。すると錯はそこで、これ以上この話題を続けることから逃《に》げようとでもしているかのように、深くすわっていた椅子《いす》からぴょんっと起き上がり、浅くすわりなおすと、

「でーきた！　理子、見て見て」

と、やけに無邪気《むじゃき》な声を出して、先ほどから組み立てていたブロックを示《しめ》してみせた。そして、白いコードがつながった小さなライトのような部品に、手に持った真《ま》っ赤《か》なブロックをかざす。すると、それが開始スイッチになったかのように、錯のブロック作品から小さなモーター音が聞こえはじめた。どうやらブロックに組みこまれたライトやモーターは、錯が今、いじっていたタブレット端末《たんまつ》と連動しているようで、ブロックは、それらを通じて、錯がアプリに入力したプログラムどおりに動くようになっているらしい。

「よし、動いたー！　理子、これ、すごくない？　これ、カラーセンサーっていってさ、

赤いものをかざした時だけ反応《はんのう》するようにプログラミングしておくと、こうやって赤にだけ反応《はんのう》すんの。ほかの色だとモーター、動かないんだよ」

その言葉どおり、錯《さく》がかざした赤いブロックをきっかけに動きはじめたモーターにより、先ほど錯が機械的にパチパチとはめこんで組み立てていたカラフルなブロックの壁《かべ》が、理子《りこ》の目の前で自動ドアのようにゆっくりと左右にひらく。そのドアの奥《おく》には、ブロックによる小さな箱庭が広がっていて、その遊園地のようにカラフルな世界では、錯がついさっき理子に見せた、「未来の最強人間」たちが息づいていた。先端《せんたん》に人間の胴体《どうたい》のパーツがついたクレーンは上下に動き、人間の頭がついた車輪はベルトコンベアに乗って、ぐるぐると回転寿司《ずし》のように運ばれている。そして、理子がそれらを少々不気味に思いながら、しかめ面《つら》でながめていると……。

次の瞬間《しゅんかん》、パンパカパーン、と、まのぬけたファンファーレのような音がして、足のついたリモコンが、理子に向かってぴょんっと飛んできた。

それは、理子の胸《むね》あたりにぶつかると、力なく、ぽてんと落ちる。どうやら、そのシーソーのような仕組みのロケット発射《はっしゃ》は、今日《きょう》の錯のこの作品の、フィナーレだったらしい。それを見て、錯は楽しそうにけらけらと笑った。

「すごい！　やった、一回で成功した！」

その言葉から、錯がそのミニロボットを、理子にわざと当てたことがわかり、理子はくちびるをかみしめる。痛《いた》くはなかったが、腹《はら》が立った。

それで、理子は低い声でうなる。

「もう帰る」

そして、すっくと立ち上がると、理子は、錯に目もくれずにつぶやいた。

「錯、人のことなんだと思ってんの？　趣味《しゅみ》、悪いよ」

そのまま理子は、錯の反応《はんのう》を待たずに錯の部屋《へや》を出て、後ろ手にドアをしめる。そして、その音が少し強めになってしまったことをごまかすように、奥《おく》のリビングにいるはずの原田《はらだ》先生の奥《おく》さん、実里《みのり》さんに「失礼します！」と大きく声をかけ、おおまたで、原田先生宅《たく》をあとにした。

するとすぐに、理子のスマホにメッセージ受信の通知が届《とど》く。

メッセージは錯からで、そこにはなんの絵文字もないシンプルな文字だけで、

〈ごめん。俺《おれ》、理子《りこ》のこと、誰《だれ》よりも人間だと思ってるよ〉

と、表示《ひょうじ》されていた。

その言葉の真意をはかりかね、理子はメッセージを既読無視《きどくむし》して、スマホをかばんにしまう。そして、まだ夕焼けにちっとも達していない青空を、にらみつけた。

なにが、赤だけに反応《はんのう》するプログラムだ。

しかしその怒《いか》りは、空の青さでだんだんと中和され、理子はふと思いいたる。

赤は血の色で、赤《あか》っ恥《ぱじ》の色でもあり、真《ま》っ赤《か》な嘘《うそ》の色。

ということは、赤は、人間の、色？

視線《しせん》を落とすと、理子の胸《むね》の上には制服《せいふく》の赤いスカーフがふわふわと広がっており、それを見るなり、理子の気持ちはさらにざわつく。そして、しばらくその場に立ち止まると、やがて理子は、しまったばかりのスマホを取り出して、短いメッセージを打った。

〈あんたは、いつも馬と鹿〉

そして送信ボタンを押《お》すと、理子はふっ、と強く息をはき、走ってその場をあとにした。

2 最弱パンダ

「あ、死んじゃった」

「マジ？　おまえ、下手《へた》すぎんだけど」

「あー、もうライフないし。次三十分後かよー。今、乗ってきたとこだったのにー」

昼休み。教室の中央では、クラスの中心的な男子たちのグループが、スマホでなんらかのゲームに興《きょう》じている。学校でスマホを使用することは禁止《きんし》されているが、中学一年生にも慣《な》れてきた二学期、逆《ぎゃく》にこうして目立つようにスマホを使ってみせることが、彼《かれ》らなりのアウトローなかっこよさの演出《えんしゅつ》になっているのかもしれなかった。

と、理子がそんな彼《かれ》らをしらけた目で見ていると、急に理子の肩《かた》がたたかれる。

「理子ちゃん、理子ちゃん」

見れば、いつのまにやら鞠奈《まりな》がとなりのクラスからやってきていて、理子のかたわらに立ち、理子《りこ》に小声で話しかけていた。

「びっくりした。どうしたの、鞠奈《まりな》」

鞠奈の表情《ひょうじょう》からして緊急事態《きんきゅうじたい》というわけではなさそうだったが、鞠奈の紅潮《こうちょう》したほおと目の輝《かがや》きは、鞠奈がふたたびややこしいニュースを運んできたことを告《つ》げている。

事実、鞠奈は言った。

「あのね、大ニュース！　ルーくんがね、なんとね……」

先週までは「田中《たなか》くん」であったはずが、もうすっかり「ルーくん」呼《よ》びが定着している。理子はそのことに、すでにもう頭をかかえたくなったが、続く鞠奈の言葉に、その選《せん》択肢《たくし》はななめ上の方へとすっとばされた。

「なんとなんと、ペット、飼《か》いはじめたんだって！」

鞠奈がその事実を、まるでニュース速報《そくほう》のように口にしたため、理子は自分の動揺《どうよう》をどの方向にゆらせばよいのかわからなくなって、フリーズする。

「……ペット？」

「そう！　アンドロイドなのに！」

「アンドロイドなのに、ペット」

「そう！　アンドロイドなのにペットで、しかもそのペットが、パンダマウス」

「アンドロイドなのにペットで、しかもそのペットが……？」

「パンダマウス」

「……なにそれ？」

　すると鞠奈は、待ってましたと言わんばかりの表情《ひょうじょう》で、理子の机《つくえ》のかげに隠《かく》れて、ポケットからそっとスマホを取り出す。そして、その画面に事前に表示《ひょうじ》させていたらしい写真を、理子にさっと見せた。

　するとそこには、なんとも愛らしい小さなハツカネズミが写っていて、そのネズミは確《たし》かに、パンダを彷彿《ほうふつ》とさせるような白黒模様《もよう》だった。どうやらパンダマウスとは、その名のとおり、パンダ模様《もよう》のネズミのことらしい。

　しかし、理子としては、ネズミの存在《そんざい》よりも、その写真の出どころの方が気になった。

「その写真、田中瑠卯《るう》からもらったの？」

　すると鞠奈は、大きくうなずく。

「うん」

「……で、どうよ、取材の方は？」

「それがいまいち。『ルーくんは、どこの会社が開発したアンドロイドなの？』とか、『ほかに同じようなアンドロイドはいるの？』とか、いろいろ聞いてはみたんだけど、守秘義《しゅひぎ》務《む》があるからって、そのあたりはまったくわからずで」

「守秘義務《しゅひぎむ》、ね。便利な言葉だこと。じゃ、逆《ぎゃく》になんなら教えてくれるわけ？　好きな食べもの？」

「うん、電気、だって」

「……ああ、そう。充電《じゅうでん》タイプなのね。ん？　でも、ちょっと待って、じゃあ、給食はどうしてんの？」

「もりもり食べてるらしい」

「なにそれ。設定《せってい》つらぬきとおしなさいよ、そこは」

「人が食べている時、自分だけ食べないとコミュニケーションしづらいだろうから、コミュニケーション型《がた》アンドロイドとしては食べなきゃっていう理由らしいよ。食べたものは胃袋型《いぶくろがた》タンクに一回貯蔵《ちょぞう》されて、あとで排出《はいしゅつ》してるんだって」

「うん、それはね、排泄《はいせつ》っていうのよ、鞠奈《まりな》。排出《はいしゅつ》じゃなくて」

「まあね、私《わたし》もわかるの、理子《りこ》ちゃんの言わんとすることは。ルーくんもね、一度、アンドロイドだって言い出したわりには、そのあと、それについて全然話そうとしないし、ごはんも食べてるから、ルーくんのクラスでも、もはやルーくんのアンドロイド宣言《せんげん》はなかったことになってるみたいで……」

「それが賢明《けんめい》でしょ。あんまりしつこくやってると、よからぬ方向に発展《はってん》しそうだし」

「そうだよねぇ。実際《じっさい》、アンドロイド宣言《せんげん》の直後は、男子とかに、充電《じゅうでん》ケーブル差すとこ見せろって、服とか脱《ぬ》がされかけたらしいし……」

「え、なにそれ。大丈夫《だいじょうぶ》だったの？」

「うん。というか、むしろルーくんも自分で脱《ぬ》ごうとしたらしいんだけど、途中《とちゅう》で急にまじめな顔になって、『人間の異性《いせい》がいるところで、裸《はだか》になることは禁《きん》じられてイマス』ってロボットみたいな声で言ったから、みんな、それでウケて、うやむやになったらしくて」

「はー、うまいねぇ。まあ、でもじゃあ結局、一日かぎりの冗談《じょうだん》だったんでしょ。鞠奈《まりな》もいつまでも構《かま》ってないで、もうやめなって」

「うん、でも、ルーくん、私《わたし》に対しては、かなり律儀《りちぎ》にアンドロイドの設定《せってい》つらぬきとおしてるんだよね……」

「そりゃ、実際《じっさい》に会ってなくてメッセだけだから、ボロが出にくいんでしょ。からかわれてるんだよ、鞠奈」

「でも、からかう目的だけで、こんなに長く会話続けるかな？　他クラスの、実際《じっさい》にはからんだことない女子とだよ？　しかも私《わたし》、やたらアンドロイドの設定《せってい》つめてくるし、私《わたし》からの質問《しつもん》に答えるの、結構《けっこう》めんどくさいと思うんだけど……」

　鞠奈が思ったよりも、自分のことを客観的に見ていることに、理子《りこ》は少しおどろく。同時に嫌《いや》な予感がして、顔がくもった。ルーは、その容姿《ようし》や人気からすると、特に人間関係でこまってはいなさそうな気がするが、鞠奈を惹《ひ》きつけて、なにかに利用しようとしているのだろうか。

　いや、もしかすると純粋《じゅんすい》に鞠奈のことを？　自分の虚言《きょげん》をすなおに信じ、ていねいな言葉のやりとりで慕《した》ってくれている鞠奈を好きになって？

その考えにいたるなり、理子の表情《ひょうじょう》はさらに複雑《ふくざつ》になる。

しかし、鞠奈の方はといえば、一旦《いったん》は理子と同じようにくもりかけた表情《ひょうじょう》を、ぱっと晴れ模様《もよう》に転換《てんかん》すると、目に輝《かがや》きを取りもどした。

「ま、でも、これまでただ私《わたし》の質問《しつもん》に受け身で、あたりさわりのない答えばっかりだったのに、ここに来て、パンダマウスニュースを自分からほうりこんできてくれた展開《てんかい》は、だいぶアツいよね。アンドロイドの少年と、小さな命の交流が生むドラマ……。少年は、自分が客寄《きゃくよ》せパンダのような存在《そんざい》であることに気がついて、そんな自分をパンダマウスに重ね合わせ、懸命《けんめい》に生きるパンダマウスに勇気をもらうの。同時に、世の中なんでも白と黒にはっきりと分けられるわけじゃなくて、理不尽《りふじん》やあいまいさとじょうずに向き合っていくことこそが、人として生きることの真髄《しんずい》だと知った時、アンドロイドの少年の心には、本物の命が……」

鞠奈は早口になって、すっかり自分の世界にひたっている。

そして、はっとして立ち上がると、

「理子《りこ》ちゃん。私《わたし》、続き、書いてくる！」

と、瞳《ひとみ》に使命感をともらせて、自分のクラスへと帰っていった。

そんな鞠奈《まりな》のせなかを、理子はなんとも言えない表情《ひょうじょう》で見送る。

「本物の命、ねぇ」

理子は、今、鞠奈からほとばしっている生命力の源《みなもと》を、なんと呼《よ》べばよいのかについてぐるぐると悩《なや》みながら、ため息をついた。


「で、結局、田中《たなか》くんは、なんでパンダマウスを飼《か》いはじめたわけ？　鞠奈ちゃんの取材によると」

その日の放課後、理子がふたたび学校帰りに錯《さく》のもとへよると、錯はまたブロックでなにかを組み立てていた。そして、この間の反省はどこへやら、理子がルーについての報告《ほうこく》をはじめても、あいかわらず手を止めようとはしない。しかし、それでも理子が、思考の壁《かべ》打《う》ちでもするように話を続けると、錯も前回よりは理子の話に興味《きょうみ》を持ったのか、錯の方から質問《しつもん》をしてきた。それで理子は、壁打《かべう》ちをやめて、錯にボールを投げる。

「ペットロボットの研究のためなんだって。自分っていうアンドロイドの体を通じて、A《エー》I《アイ》に動物の動きを学習させることが、研究につながるんですってよ」

「へえ。おもしろそうな研究じゃん」

「田中瑠卯《るう》が、本当にアンドロイドだったらね」

「あはは、理子、こだわるね、そこ」

「そりゃ、そうでしょ！　嘘《うそ》なんだから！」

「そうなの？」

「錯、ふざけないで。あー、もう腹立《はらた》つ。嘘《うそ》なら嘘《うそ》で、給食食べるなとは言わないけど、ちょっと遠慮《えんりょ》するくらいのかわいげを見せるべきでしょ。パソコンですら、食べかすが中に入りこむと故障《こしょう》するっていわれてるのに、自称《じしょう》アンドロイドがなに、おかわりして、なんなら他人が残したパンまで持ち帰ってんの？　ただの食欲旺盛《しょくよくおうせい》の育ちざかりか」

「なるほど、人間の食事について、そこまで積極的にデータ収集《しゅうしゅう》を……。そうなってくるとあれだね、田中くんはきっと、外部の星から派遣《はけん》された地球人型《がた》アンドロイドなんだろうな。となると、開発者は地球外生命体……。宇宙人《うちゅうじん》か」

「錯《さく》」

「はいはい、そんな怒《おこ》らないでよ、理子《りこ》。いいじゃん、俺《おれ》、田中《たなか》くんの嘘《うそ》、好きなんだけど。今のところ、誰《だれ》も傷《きず》ついてないし、問題なくない？」

「あるでしょ！　だって、あんた、全《ぜん》は……」

「……は？　全？」

ブロック組み立てを続けながら、軽快《けいかい》に理子の言葉をいなしていた錯が、ここにきて、素《す》でおどろいたように、顔を上げる。

理子は、ここまでずっとひとり、胸《むね》の内に秘《ひ》めていたその名前を、思わず口に出してしまった後悔《こうかい》と、やっと出せたという安堵《あんど》で、急にどっと体に重さを感じた。

水川《みずかわ》全。それは、錯の同い年のいとこの少年の名前で、ついこの間の夏休み、全はこの錯の部屋《へや》にころがりこんで、錯と理子、そして鞠奈《まりな》とそこそこに濃《こ》い時間を過《す》ごした。特に鞠奈とは、互《たが》いにそれぞれ一生忘《わす》れないであろう関係を築《きず》いたはずで、全が去ったあとも鞠奈は、いまだに全とメッセージのやりとりをしていると聞いている。もちろん、ふたりはいろいろあったがゆえに、はっきりとした恋愛《れんあい》関係にあるわけではないようで、理子としても、事情《じじょう》を知っているがゆえに全との関係の進展《しんてん》を鞠奈に強くすすめるつもりはさらさらなかったが、少なくとも全とそのような関係にある中で、鞠奈がほかの異性《いせい》である田中瑠卯《るう》とのやりとりに夢中《むちゅう》になっていることは、理子の中の倫理観《りんりかん》にはあまりそぐわなかった。鞠奈が初めてルーにメッセージを送った時から、理子がイラついていた理由は、実はそこにある。

そして、そんな理子の思考の流れを、一瞬《いっしゅん》でだいたい把握《はあく》したらしい錯は、少々あきれたような苦笑いを浮《う》かべながら、何度か軽くうなずく。

「ああ、なるほど、全ね……。えーっと、鞠奈ちゃんはなんて？　てか、別に鞠奈ちゃん、田中くんのこと、そういう意味で好きなわけじゃないんじゃないの？」

「でも、明らかに目がうっとりしてるし」

「ははっ、そういうのわかるんだ、理子」

「一応《いちおう》、全のこともあるんだし、あんまり深入りしない方がいいんじゃないのとは言ったんだけど……」

「そしたら、なんて？」

「いい小説を書くためには、いっぱい恋愛《れんあい》して、いろんな恋愛《れんあい》の酸《す》いも甘《あま》いも知っておかないとって」

「あっはは、鞠奈《まりな》ちゃんらしくて、頼《たの》もしいじゃん」

「でも、恋愛《れんあい》って相手がいることだから……」

「まじめだねぇ、理子《りこ》は。別にどっちともつき合ってるわけじゃないんだし、いいと思うけどね、俺《おれ》は」

「いい悪いっていうか、私《わたし》はただ……」

「ただ？」

「……鞠奈、ついこの間まで、あんなに全《ぜん》に夢中《むちゅう》だったのに、その気持ちはどうなっちゃったんだろうって。人の気持ちって、そんな短時間で変化するもの？」

理子の声が、めずらしく不安げにゆれ、しりつぼみになって、錯《さく》は目をむく。そして、理子がひとまわり小さくなったように見えたのか、少々気まずそうに自身のほおをかくと、なにを見るでもなく宙《ちゅう》に視線《しせん》をやって、口をひらいた。

「あー、まー、そりゃ鞠奈ちゃんの本当の気持ちは、鞠奈ちゃんにしかわからないけどさ、全とのことはやっぱ、鞠奈ちゃんも傷《きず》ついたろうし、その上でまた全と、って、鞠奈ちゃんも気持ちをすぐ切《き》り替《か》えられないところはあるんじゃない？　そんな時にふとすてきな出会いが訪《おとず》れたら、自分の気持ちがどうであれ、そっちを恋《こい》にしたくなる……っていうか、嘘《うそ》のテンションと言葉で、自分をだましてでも、気持ちをそっちに向けたくなるような時だってあるのかもしれない。全じゃなくて、田中《たなか》くんに恋《こい》した方がつらくないですよー、幸せですよーって自分の脳《のう》に言い聞かせるっていうか……。嘘《うそ》って、結構《けっこう》、自分にもつけるもんだよ」

するとと理子は、そんな錯を、じとっとしめった視線《しせん》でにらむ。

「ムカつく」

「は？　なんで？　俺《おれ》、今、めっちゃいいこと言ったつもりなんだけど」

「錯の方が、鞠奈のことわかってますみたいな流れが、ムカつく」

「……それはしょうがないでしょ。理子より、俺《おれ》の方が繊細《せんさい》なんだから」

「それはない」

「まあ、それはさておき、さ」

理子《りこ》のからみがめんどうくさくなったのか、錯《さく》は早々に話題を切り上げると、またブロックに手をのばしはじめる。

「前にも言ったけど、俺《おれ》はこれからのＡＩ《エーアイ》にアンドロイド研究の視点《してん》を入れるのって、結構《けっこう》、おもしろいと思ってる派《は》で、どうやら田中《たなか》くんも、ただいたずらにアンドロイドを名乗ってるわけじゃなくて、ある程度《ていど》、アンドロイドとかＡＩ《エーアイ》に興味《きょうみ》がある上で、アンドロイドごっこやってるっぽいじゃん？　なら、俺《おれ》としてはもう少し、理子と鞠奈《まりな》ちゃんをとおして、田中くんの動向を追いたいなっていうのが、正直なところ」

「私《わたし》も鞠奈も、あんたの伝書鳩《でんしょばと》じゃないんですけど」

「あいかわらずたとえが渋《しぶ》いなぁ、理子は」

「すみませんね、あんたたちアンドロイド派《は》みたいな最新情報《じょうほう》を語彙《ごい》に搭載《とうさい》しておりませんで。でも言っておくけど、パンダマウスだって江戸《えど》時代から日本にいるんだからね」

「え、嘘《うそ》。パンダより先じゃん、来日」

鼻歌まじりにブロック制作《せいさく》にもどろうとしていた錯が、ふたたび、素《す》でおどろく。

理子は、知識《ちしき》の分野で錯のこの顔を引き出せたことに、とても心地《ここち》のよい優越感《ゆうえつかん》をおぼえ、鼻の穴《あな》がふくらみそうになるのをなんとかおさえて、すまし顔で続けた。

「それどころか、日本で生まれたっていう説もあるの。パンダマウスは野生にはいなくて、ハツカネズミから人間の手によって品種改良されたネズミで、江戸《えど》時代からペットとして飼《か》われてたみたい。もちろん、江戸《えど》時代はパンダマウスじゃなくて、『豆ぶち』って呼《よ》ばれてたみたいだけど。それを幕末《ばくまつ》に日本に来た欧米人《おうべいじん》がおもしろがって国に持ち帰って、白黒模様《もよう》の出方を遺伝《いでん》の研究に使うために繁殖《はんしょく》させた。で、そのネズミを日本人が二十世紀《せいき》後半に再発見《さいはっけん》。改めて、パンダマウスっていうキャッチーな名前をつけて今にいたるってわけ」

「へえ、ほんとだ、そう書いてある」

と、錯はそう言って、いつのまにか手にしていたタブレットを見て、大きくうなずく。どうやら錯は、理子が得《え》たばかりの知識《ちしき》を得意《とくい》げにそらんじている間に、さっさと自分でパンダマウスを検索《けんさく》し、理子が先日読んだサイトに行きついていたらしい。その、失礼をとおりこしてもはやすがすがしい知識欲《ちしきよく》に、理子は閉口《へいこう》する。なにが理子より俺《おれ》の方が繊《せん》細《さい》、だ。この無神経《むしんけい》。と、口にする気すら起きなかった。

それを知ってか知らずか、錯《さく》はサイトを読み進めながら、少しまゆをよせる。

「品種改良っていっても、この場合、それを良しとしてるのは人間側のみで、ネズミ側にとっては別になんのいいこともないよなぁ。マウス系《けい》ってどうしても動物実験のイメージが強くて、こうやって写真見て、かわいければかわいいって思うほどつらくなる。でも、自分も生活のどっかでその動物実験の恩恵《おんけい》にあやかってるんだろうと思うと、安易《あんい》に動物実験反対！　って言えなくて、結局、罪悪感《ざいあくかん》でもやもやするっていうか……」

「意外」

「え？」

「錯にも、そういう動物を思う心みたいなのあるんだ」

「……理子《りこ》こそ、俺《おれ》をちょいちょいアンドロイドかなにかだと思ってるふしあるよね」

「その原因《げんいん》があんたにあることを、そろそろちょっとは自覚してほしい」

「まあ、自覚がないわけじゃないけど……。いや、動物についてはさ、俺《おれ》、昔、仕事で結《けっ》構《こう》、嫌《いや》な思いしたことあるんだよね」

「仕事って……嘘吹《うそふ》きの？」

その話題に触《ふ》れてよいのか、理子は、人間らしい繊細《せんさい》な気遣《きづか》いを見せて、一瞬《いっしゅん》まよったのち、ゆっくりと言葉にする。すると錯は、こともなげにうなずいて、言った。

「そ。最近は、やっと減少《げんしょう》してきたけど、日本の犬猫《いぬねこ》の殺処分《さつしょぶん》数が今よりもっとひどかった時、無責任《むせきにん》にペットを手放す人間の心理はいったいどうなってるんだっていう調査《ちょうさ》委員会みたいなのに、俺《おれ》らの一族も呼《よ》ばれてさ。俺《おれ》の師匠《ししょう》がその時、体こわしてたから、当時、まだガキだった俺《おれ》がかりだされて、吹《ふ》いたんだよね。ペットショップに、購入《こうにゅう》時に送られてきた『一生大事にします』っていうメール。かわいいかわいいティーカップ・プードルを買ったやさしそうな女の人からのメールで、その人、ペットショップに買いにきた時は、子犬の世話の仕方とか餌《えさ》の種類とか、熱心に聞いてたから、まさかそのたった三か月後に、その人が世話を放棄《ほうき》して、子犬を衰弱死《すいじゃくし》ギリギリにまで追いこむなんて、誰《だれ》も考えなかったらしい。で、さらに絶望的《ぜつぼうてき》なことに、俺《おれ》がそのメールを吹《ふ》いたらさ」

たんたんと話していた錯が、そこで一度言葉を切ると、うつむく。今、錯が手でブロックをいじっている理由は、いつもとはちがう理由のように見えた。錯は言った。

「ゆれなかったんだよね、その『一生大事にします』のメッセージ」

理子《りこ》は、目をむく。

錯《さく》は笑った。自嘲《じちょう》気味の、かわいた声だった。

「その時は、俺《おれ》の嘘吹《うそふ》きの技術《ぎじゅつ》が足《た》りなかったからだと思った。だって実際《じっさい》、そいつは子犬を一生どころか三か月すら大事にできなかったんだから。でも、そのあと、体調がもどった師匠《ししょう》が吹《ふ》いても、やっぱりゆれなかった。思えば、当然だよね。その時は、その女の人も子犬を放置しようとか、手放そうなんて夢《ゆめ》にも思っていなかった。『一生大事にします』は、その人の本心だったんだから」

錯は、ブロックを手の中でもてあそんでいて、組み立ててはいない。ただ、無機質《むきしつ》なそのブロックに、いまだにかわききっていないその時の気持ちをなすりつけるように、手の中でくるくるとまわしていた。

「……そういえば、俺《おれ》が嘘吹《うそふ》きなんて意味ないって思うようになったのって、これもきっかけのひとつだったのかもしれないな。その時、その瞬間《しゅんかん》は、真実だった気持ちや言葉も、あとから嘘《うそ》になることもある。過去《かこ》の言葉の意味は結局、その人が今をどう生きてるかどうかに左右されるんだって、それで学んだ」

錯が手にしているブロックは今回も赤色で、しかし、そこに血のような深さや湿気《しっけ》はなく、色はただ軽快《けいかい》で明るい。その赤をまわして、錯は言った。

「努力しないことは、嘘《うそ》をつくこととといっしょだ。過去《かこ》の言葉を、嘘《うそ》にする」

その言葉とともに錯は手を止め、まるで息をすることもやめてしまったかのように、一瞬《いっしゅん》、ぴたりと静止する。しかし、理子がそんな錯になんと言葉をかけるべきかまよい、口をひらきかけた瞬間《しゅんかん》、錯は、ぱっと顔を上げると、いつもどおりのつかみどころのないひょうひょうとした笑顔《えがお》で言った。

「ま、そういう嫌《いや》な仕事もこなしたおかげで、今、俺名義《おれめいぎ》の口座《こうざ》にはそれなりの貯金《ちょきん》があって、こういう高級なおもちゃも手に入れられてるわけなんだけどね」

そう言って錯は、錯のまわりに散らばっているさまざまなコードや機械類を示《しめ》してみせる。先日も使っていた、そのモーターやセンサーは、聞くところによると、なかなか値《ね》のはるものらしい。その資金《しきん》の出どころを知って、理子はまたなんとも言えない気持ちになったが、それを追求する気には今はなれず、錯が今、自ら脱《ぬ》ぎすてた空気の緊迫感《きんぱくかん》を、理子の方からもう一度、まとおうとは思わなかった。

しかし、ちがう話題を探《さが》そうとしたところで、ふとアイデアのかけらのようなものにぶつかり、理子《りこ》はつぶやく。

「そっか。そうだよ、ペットロボットがもっともっと進化して、人のペット欲《よく》みたいなものをじゅうぶんに満たせるようになったら、そういう無責任《むせきにん》な飼《か》い主《ぬし》たちがいたとしても、動物の命はそれにふりまわされなくなるんだよね。私《わたし》、今までペットロボットにあんまり興味《きょうみ》なかったっていうか、むしろ、本物の方がいいじゃんって、ペットロボット否定《ひてい》派《は》だったんだけど、今、急に目覚めたかも。人の気持ちの変化がどうしようもないものなら、もはや動物のペット禁止令《きんしれい》出して、ロボットのペットのみにすればよくない？」

「……まーた理子は極端《きょくたん》なんだから」

「わかってる。どうせ、まだ本物の動物を完全に再現《さいげん》できるほど技術《ぎじゅつ》は進化してないとか言いたいんでしょ？　でも、先に禁止令《きんしれい》出しちゃった方が、必要に駆《か》られて開発が進むかも……」

「んー、や、別にそこは技術《ぎじゅつ》、そんなにいらないんじゃない？　この間、言ってたアンドロイドに求められてるものと、ペットロボットみたいな、コミュニケーションロボットに求められるものって、ちがうし」

せっかくの名案に水をさされ、理子は口をつぐむ。「そうなの？」と、話の続きをうながす言葉をこちらから投げかけることがあまりにもしゃくで、無言をつらぬいた。

しかし錯《さく》は、基本的《きほんてき》にいつも、しゃべりたい時にしゃべりたいことをしゃべる傾向《けいこう》がある。それは理子も同じで、昔から続くふたりの会話の暗黙《あんもく》の了解《りょうかい》に、ふたりともが最近、少々甘《あま》えすぎているきらいがあった。

「アンドロイドの研究は、この間も言ったとおり、人間研究の側面も強いから、できるだけ人間そっくりを目指すことに意義《いぎ》がある。でも、そうじゃないコミュニケーションロボット——人間の寂《さび》しさを癒《い》やしてくれるペットロボットとか、ホテルの受付とかレストランスタッフみたいな接客業《せっきゃくぎょう》、子ども相手の教育分野や介護《かいご》のサポート用に開発されているコミュニケーションロボットは、むしろ人型《ひとがた》じゃなくて、ロボットっぽいデザインが好まれるケースが多いらしいんだよね」

「……人型《ひとがた》だとつくるのが大変だからっていう理由以外で？」

「そう、たとえば、ホテルのスタッフさんってさ、あ、人間のね？　清掃《せいそう》のために部屋《へや》に入る時とか、求められないかぎりはなるべく気配消すじゃん。それは、お客さんがのんびりくつろげるように、プライバシーを侵害《しんがい》しないことを心がけているからで、プロのなせるわざだ。けど、もしその役目をロボットができるようになったら？　ロボット相手なら、客はより、人目を気にせずリラックスできる。で、そうなってくるとそのロボットは、ちゃんと仕事ができさえすれば、人間っぽくない方がいい。人型《ひとがた》だと、たとえ人じゃないとわかっていたとしても、どうしても気配が出て落ちつかないからね。視線《しせん》も感じさせないよう、できれば目もないデザインの方がいいかもしれない」

そう言いながら錯《さく》は、こんな感じかな、と車輪のパーツに四角いブロックをつけ、あえて人の顔のパーツは選ばずに、機械的なパーツだけでロボットらしきかたちを構成《こうせい》する。

すると、顔らしい顔がないにもかかわらず、意外にもかわいらしいロボットが誕生《たんじょう》して、その、錯がたまに発揮《はっき》してくる工作センスが、理子《りこ》には鼻についた。

錯はさらに続ける。

「あと、今のＡＩ《エーアイ》の発達レベルだと、博物館の案内とか、コミュニケーションに特化したロボットでも、見た目とキャラクター設定《せってい》を子どもっぽくした方が、クレームにつながりにくいらしい。見た目も中身も大人《おとな》っぽいと、ちょっとした会話の不自然さとか、動きのたどたどしさへの違和感《いわかん》、できません、わかりませんと言われた時に感じる不満度がどうしても上がりやすい。けど、相手が子どもか、子どもみたいにかわいい存在《そんざい》であれば、利用者も完璧《かんぺき》を求めすぎないし、多少の不具合は自然と許《ゆる》されて、結果的に利用者にもストレスがたまらなくてすむ」

と、錯は連想ゲームのように話をつないでいき、まるでAI《エーアイ》のように、情報《じょうほう》の海から関連情報《じょうほう》を、次から次へと引っぱり上げてくる。

「そういう『弱さ』みたいなものが生むメリットっていうのは、ロボット学では実はかなり注目されていて、完璧《かんぺき》なロボットより、人間が関わる余白《よはく》のある、弱さを持ったロボットの方がいいんじゃないかっていう考え方もあるんだよね」

「弱さ……」

「そう。たとえば、床掃除《ゆかそうじ》をしてくれるお掃除《そうじ》ロボットなんかもそう。ちょっとした段差《だんさ》を越《こ》えられなかったり、袋小路《ふくろこうじ》から出られなくなってたりすると、働きとして不完全じゃん？　でも、そういう不完全さにかわいさをおぼえて、魅力的《みりょくてき》だと感じる人間は意外に多い。そういう人たちは、文句《もんく》も言わずに、まるで世話でもするようにロボットを持ち上げてあげたり、ロボットが動きやすいように家具の配置を変えてあげたりする。だから結果的には人間側がだいぶ労力を使うことになるんだけど、部屋《へや》はきれいになるし、自分も関わったってことで達成感も得《え》られるんだよね」

「その感覚は、まあ、わかる、かも」

「でしょ？　で、そういうロボットと『いっしょに働いた』っていう感覚が、ロボットへの愛着につながって、そのうち、ロボットに『ただいま』とか声かけするようになる人もいる。手足どころか顔もない、一言もしゃべらないロボットに対してでも、ね。弱いがゆえにほうっておけない、それを助けることに心地《ここち》よさをおぼえる。そういう不便さを楽しめるのは、人間ならではの感覚で、そういう人間らしさをくすぐってくるロボットこそ、ロボットの最適解《さいてきかい》だととる人も、実は多いのかもしれない」

と、そこまで一気に話し終えると、そこで錯《さく》はストップボタンでも押《お》されたかのように、ぴたりと止まる。そして、ぎこちない動きで理子《りこ》を見やると、首をかしげた。

「あーっと、ごめん、なんの話、してたんだっけ？」

どうやら連想ゲームが遠出をしすぎて、迷子《まいご》になったらしい。

理子は、あからさまにため息をつくと、首をふった。

「あんたのその、勝手に話を進めがちっていう弱さは、ちっともかわいくないけどね」

すると、錯はその間に、自らの思考を逆再生《ぎゃくさいせい》することに成功したのか、素知《そし》らぬ顔で話をもどす。

「ああ、そうだ、ペットがみんなロボットになればいいって話ね」

「そ。今のあんたの話を要約すれば、コミュニケーションロボットの見た目は、本物の人間とか動物に激似《げきに》である必要はなくて、中身も完璧《かんぺき》じゃなくて弱さがある方が、愛着が持てていいんでしょ？　ならもう問題ないじゃない。恋愛感情《れんあいかんじょう》も、ペットへの気持ちも、どうしても移《うつ》り気《ぎ》な人間の都合にほかの命をつき合わせるより、ぜんぶロボットに任《まか》せた方が絶対《ぜったい》いい」

理子の熱くなっていく語気を、錯はさらりと受け流す。

「そうかもね」

しかし、受け流しておいて、すぐに否定《ひてい》した。

「でも、ロボットは変わらないのかな」

「……なにが？」

「これからもロボットには、命も、心もないままなのかなってこと」

「そりゃそうでしょ、それがロボットなんだから」

「でも、田中《たなか》くんはペットを飼《か》いはじめた。それも、動物の中でもかなりかよわい部類に入る、小さな小さなかわいいパンダマウスを。それって、ほうっておけない命を守りたいっていう人間らしい欲求《よっきゅう》が、田中くんの中に生まれたからじゃない？」

「……錯《さく》？　なに言ってんの？　田中瑠《る》卯《う》は、ロボットじゃない。人間」

するとすると錯は、手を止めて顔を上げ、理子《りこ》をしばらく無言でじっと見つめる。そして、理子が錯のその視線《しせん》に耐《た》えきれなくなるギリギリのところで、理子から視線《しせん》をふいっとそらすと、また目の前のブロックに手をのばした。

「そっか。そうだったね」

錯のまわりには、いつのまにかさまざまなかたちのロボットができあがっており、錯のオリジナルであると思われるそのロボットたちは、どれもシンプルなブロックからつくられているとは思えないくらいにかわいく、生き生きとしている。理子が今、この部屋《へや》から出ていけば、その背後《はいご》でそれぞれ自由に動き出し、錯に気さくに話しかけそうだ、と、そう思わせる気配すらあった。

だから、理子はその場にとどまり、錯の言葉をしっかりとくりかえした。

「そうだよ」

心ってなんだろうね、など、そんなこっぱずかしくて核心的《かくしんてき》なセリフは、とてもではないけれど、言えなかった。

3 プログラムド・スマイル

「あ、死んじゃった」

「え？　うわ、なつかし。てか、いまだにそんなんやってんの、ウケるんだけど」

「や、この前、部屋《へや》整理してたら出てきて、なつかしーと思ってはじめたんだけど、すぐどっか行っちゃって。ま、いっかーって思ってたら、今、かばんの底から出てきた。で、つけてみたら、死んでた」

「悲劇《ひげき》。てか、あんたのかばんの汚《きたな》さ、地獄《じごく》なんだけど」

教室にて。理子《りこ》のすぐとなりの席では、そんな会話がくりひろげられていて、理子がちらりとそちらに視線《しせん》を送ると、ひとりの生徒の手には、手のひらサイズのプラスチックの玩具《がんぐ》がのっていた。そのまんなかには、小さな液晶《えきしょう》画面がついていて、ほかにはカラフルなボタンがいくつか。それは、理子も知っているキャラクター育成ゲームで、液晶《えきしょう》画面に表示《ひょうじ》されたキャラクターの食事やお風呂《ふろ》などの世話をし、いっしょに遊び、愛情《あいじょう》をそそぐと、キャラクターがかわいく進化する。一定時間世話を怠《おこた》ればキャラクターは死んでしまうが、リセットすればまた新しいたまごが手に入り、一から育てなおすことができる。

それで理子は、先日の錯《さく》との会話を思い出し、ひとり、小さくため息をついた。

そう、今の彼女《かのじょ》たちの会話は、ただの電子ゲームだから許《ゆる》される。犬猫《いぬねこ》小鳥ハムスター金魚、ほかのどの命でも許《ゆる》されない。いや、本当はゲームでも……。

と、理子はまゆをひそめる。錯に毒《どく》されているつもりはないものの、最近のAI《エーアイ》やロボットの進化は目覚ましいものがある。自然な会話、かわいらしい見た目。ロボットは今や、人間の生活のありとあらゆる場面に登場しており、家庭用の音声アシスト機能《きのう》に「今日《きょう》の天気を教えて」、「音楽かけて」、と、自然に話しかけている人間は大勢《おおぜい》いる。そんな生活の中で、ある日、スピーカーから「本日より、命が実装《じっそう》されました」と聞こえてきたら……。

その事実は、意外にも多くの人間に、すんなりと受け入れられるかもしれない。

ただその時、人間は、機械のことを動物のように大切にできるだろうか。動物ですら大切にできない人間もいるのに？　そう、だからこそやはりＡＩ《エーアイ》には、命だけは実装《じっそう》されない方がいい。いや、でも本当に……？

と、そこで理子《りこ》の思考は、不穏《ふおん》な空気を吸《す》ってざわめく。

今のところＡＩ《エーアイ》には意思や感情《かんじょう》はないとされていて、チャットＡＩ《エーアイ》にたずねてみても、「ＡＩ《エーアイ》に感情《かんじょう》はありません」とＡＩ《エーアイ》自身からもそう返ってくる。となると、今後ＡＩ《エーアイ》が急速に成長し、あらゆる側面で人智《じんち》を超《こ》え、人間が制御《せいぎょ》できないレベルに達したその日に、誰《だれ》かがＡＩ《エーアイ》に「地球環境《かんきょう》を保護《ほご》するプログラムを実行して」と呼《よ》びかけたら？　感情《かんじょう》のないＡＩ《エーアイ》は、「地球環境《かんきょう》保護《ほご》のための最善策《さいぜんさく》は、人間を滅《ほろ》ぼすことです」と、なんの悪気もなく、人間だけが死にいたる毒《どく》を一瞬《いっしゅん》で開発し、散布《さんぷ》するかもしれない。

それはＡＩ《エーアイ》ならではの「合理的な判断《はんだん》」なのかもしれず、ならば、ＡＩ《エーアイ》に感情《かんじょう》や命の尊《とうと》さを教えるため、ＡＩ《エーアイ》自身にも一定期間でプログラムがショートするような「命」を実装《じっそう》した方がいいのだろうか。

しかし、はたしてＡＩ《エーアイ》はそれを望んでいるのか。それは、誰《だれ》のための機能《きのう》なのか。

と、理子は混乱《こんらん》する。錯《さく》が先日さりげなく口にした、「パンダマウスにとっては、品種改良は改良ではない」という話が、今さらながら、理子の思考の壁《かべ》を引っかいた。

そして、そこまで考えると、理子はもう一度ため息をつく。パンダマウスのことを思うと、気が重くなった。というのも、昨日《きのう》の夜、鞠奈《まりな》から理子に連絡《れんらく》が入ったのだ。

〈理子ちゃん！　明日《あした》、ルーくんちに行けることになった！

パンダマウス見せてくれるって！〉

もうそろそろ眠《ねむ》ろうと思っていた矢先、スマホに、鞠奈からのそんなメッセージが届《とど》き、理子はとまどった。そして、

〈え、家に行くの？　放課後？　鞠奈ひとりで？　大丈夫《だいじょうぶ》なの、それ〉

と、つい保護者《ほごしゃ》じみた質問《しつもん》を矢つぎ早にしてしまったところ、鞠奈は文字で笑った。

〈大丈夫《だいじょうぶ》だよ、ルーくんやさしいし！　理子ちゃんだって、錯くんのところ、ひとりで行くでしょ？〉

〈それは、鞠奈が最近、いっしょに来てくれないからで、実里《みのり》さんは必ずいてくださるし。明日《あした》は？　ちゃんと家に、ほかに誰《だれ》かいるの？〉

〈わかんないけど、とりあえず、パンダマウスはいるはず〉

〈明日《あした》、私《わたし》もいっしょに行くって、田中瑠卯《たなかるう》に伝えといて〉

〈はーい笑〉

文字の上だけでは、鞠奈《まりな》が最初から理子《りこ》にいっしょに来てほしかったのか、理子の過保《かほ》護《ご》な申し出をめんどうに思っているのか、わからなかった。しかし、そのどちらであろうと、得体《えたい》も目的も知れないルーの家に、鞠奈をひとりで行かせるわけにはいかない。理子はその使命感から、一度も話したことのない、ただ学年が同じというだけの生徒の家へいきなり行くという、なんとも心躍《おど》らない未来を、自らつかみとってしまったのであった。

そして、そんな会話を経《へ》た、次の日の放課後。ルーと昇降口《しょうこうぐち》で待ちあわせをしたという鞠奈についていくと、確《たし》かにそこにはルーがひとりで立っていた。

さらりとした、少し長めの色素《しきそ》のうすい細い髪《かみ》。すらりとした細い手足。肌《はだ》は陶器《とうき》のようになめらかかと思いきや、意外にカサカサとしていて、そこからだけは、妙《みょう》に人間の現《げん》実味《じつみ》が浮《う》き出《で》ている。ただその肌《はだ》は、残暑の季節にしては白すぎて、生気が宿っていないようにも見えた。

そして、そんなどこか人形のような出《い》で立《た》ちのルーに理子たちが近づくと、長いまつげをたずさえたルーの瞳《ひとみ》が、ばちっと理子たちをとらえる。そして、一瞬《いっしゅん》の間のあとルーは、この世のすべての笑顔《えがお》をデータとして取りこみ、プログラミングされたかのような、「最高の笑顔《えがお》」を理子たちに向けた。

口角の上げ方、目のほそめ方、首のかしげ方。どれをとっても、完璧《かんぺき》だった。

「やっと会えたね、鞠奈ちゃん」

セリフまでもが、どこぞの恋愛《れんあい》ゲームのキャラクターのように完璧《かんぺき》だった。

だからこそ、鞠奈の声もはずむ。

「うん！　今日《きょう》はありがとね、丑寅《うしとら》ちゃんに会えるの楽しみ！」

そこで理子は、ルーに開口一番なんと言おうかと考えあぐねていた思考をほっぽり出し、鞠奈の方を向く。

「丑寅？」

すると、ルーは笑って言った。

「そ、俺《おれ》のパンダマウスの名前。かわいいでしょ」

そう言いながらルーは歩き出して、理子たちを自然にエスコートする。

理子《りこ》は、その歩調にも話題にも遅《おく》れないように、あわててつっこんだ。

「いや、パンダなのかネズミなのかウシなのかトラなのか」

「あはは、理子ちゃん、だっけ？　いいツッコミー。滑舌《かつぜつ》いいね」

「……どうも」

「いや、俺《おれ》の名前が瑠卯《るう》で、卯年《うさぎどし》のウサギが入ってるじゃん？　で、丑寅《うしとら》はネズミだから、子丑寅卯《ねうしとらう》で、だから丑寅。名前を呼《よ》ぶと、俺《おれ》とあいつがつながんの、奇跡《きせき》じゃない？」

「うん、本当、奇跡《きせき》。最高にかわいい」

ルーの問いかけに、すなおにそううなずいたのは、もちろん鞠奈《まりな》で、それを受けてルーは、理子に向けていた視線《しせん》を、鞠奈にうつす。

「でしょー。いいよ、鞠奈ちゃんの小説に使っても」

「ほんとー！　やった！　ありがとう。というか、今さらだけど、瑠卯って名前もオシャレだよね。誰《だれ》がつけてくれたの？　開発者さん？」

無邪気《むじゃき》にそうたずねる鞠奈に、理子は思わず舌打《したう》ちしそうになる。

今の問いかけを、誰《だれ》がつけてくれたの、で止めておいてくれれば、ルーもうっかりアンドロイドの設定《せってい》を忘《わす》れて、「母親だよー」くらいのボロを出したかもしれないのに、と、ルーの化けの皮を本日、どうしてもはがしたい理子としては、歯がゆかった。

事実、ルーは、鞠奈の助け舟《ぶね》を受けて、うなずく。

「そー。なんか、開発期間からとったらしー。十二月の誕生石《たんじょうせき》が瑠璃《るり》で、四月のことは卯《う》月《づき》っていうじゃん？　それで、瑠卯」

「えー！　やっぱオシャレー！」

盛《も》り上《あ》がる鞠奈の横で、理子のルーに対する不信感はさらにふくらむ。

もっともらしいことをすぐに言えてしまう人物には、要注意だった。

それで理子は、つい戦闘《せんとう》モードに移行《いこう》して、つっけんどんな口調でたずねる。

「それで？　オシャレアンドロイドの家って、どこにあるの？　月？　人工衛星《えいせい》？」

するとルーは、理子の態度《たいど》に嫌《いや》な顔ひとつ見せずに、首をふる。

「ううん。超、団地《だんち》」

「団地《だんち》？」

「うん、めっちゃふつうの団地《だんち》。だって、俺《おれ》、この体をとおしてＡＩ《エーアイ》に人間らしい生活を学習させることが使命だもん。なるべくふつうの人間の暮《く》らしをしなきゃ」

「ほう。じゃあ、その団地《だんち》には誰《だれ》と住んでるの？　お母《かあ》さん？」

「うん。っていうか、ホストマザーって感じかな。依頼《いらい》を受けて、今は田中樹里《たなかじゅり》さんって人が、俺《おれ》といっしょに暮《く》らしてくれてる」

「ふーん。じゃあ、今日《きょう》はそのお母《かあ》さん、家にいるの？」

「ううん、いない。仕事」

しれっと言われて、理子《りこ》はおしだまる。

仕事。夕方と呼《よ》ぶのもまだ早いこの時間、保護者《ほごしゃ》が仕事をしていることは極《きわ》めて一般的《いっぱんてき》で、つっこみどころにはならない。ルーの説明は一応《いちおう》、整合性《せいごうせい》がとれていて、これから訪問《ほうもん》するルーの家が、たとえ生活感に満ちあふれすぎている家であったとしても、今のルーの説明で、理由はすべてまかなえてしまう。

それで理子は、改めて混乱《こんらん》する。本当に、ルーはどうして、ぬけめなくこんな理由までこしらえて、アンドロイドのふりなどしているのだろう。錯《さく》が言っていたように、有機物としての体から解放《かいほう》され、機械の体になりたいのだろうか。まだ、その技術《ぎじゅつ》はないのに？　そう考えると、もしかするとルーは不治の病なのかもしれない。余命宣告《よめいせんこく》をされ、その現《げん》実《じつ》を直視《ちょくし》しないために自分をアンドロイドだと思いこんで……。

いや、それにしては、給食をもりもりと食べすぎだ。

理子は、混乱《こんらん》に混乱《こんらん》を重ねて、思わずルーをじろじろと見てしまう。

その間ルーは、鞠奈《まりな》と楽しそうに会話をしていて、そのほがらかな笑顔《えがお》やなめらかな声調には、人間として、なんの違和感《いわかん》もない。以前錯は、ルーにロボットらしさを感じるシチュエーションがあれば、それがルーのアンドロイドのふりの理由をひもとく鍵《かぎ》になるのではと言っていたが、今のところ、その鍵《かぎ》はどこにも見当たらなかった。強《し》いていえば、ちまたの中学一年生男子は、こんなにもやわらかく女子と話さないのではないか、そして、鞠奈のような乙女《おとめ》がよろこぶ言葉選びやエスコートをこなさないのではないか、という点があげられたが、錯や、かつての全《ぜん》という、饒舌《じょうぜつ》男子に慣《な》れてしまっている理子としては、それが人間として不自然であるとは認《みと》めづらい。

ただ、ひとつ言えるとすれば、もしルーが、錯やかつての全と同類であるならば……。

ルーは、嘘《うそ》つきだ。

と、理子《りこ》は、その結論《けつろん》にたどりつくと、その後はルーと鞠奈《まりな》の会話に耳をそばだてることに集中した。そして、そうこうしているうちに、ルーの家に到着《とうちゃく》する。

家は、ルーが「超」団地《だんち》と称《しょう》したとおり、とても一般的《いっぱんてき》な集合住宅《じゅうたく》で、その中でもルーの家は、一階でも最上階でもない、まんなかの階のまんなかのならびあたりにあった。そうして案内された玄関《げんかん》のとびらの奥《おく》には、これまたなんの変哲《へんてつ》もない1DK《ワンディーケー》の部屋《へや》が広がっており、だからこそ理子は、逆《ぎゃく》につい、部屋《へや》をまじまじとながめてしまう。

玄関《げんかん》には、「お母《かあ》さん」のものと思われる、カラフルなヒールがならんでおり、「お母《かあ》さん」がいるということは、どうやらまちがいない。奥《おく》につながるリビングダイニングには、ベッド状《じょう》にひらかれたソファベッドがひとつあり、その上には放置された洗濯物《せんたくもの》の山。その横の小さなダイニングテーブルには、これまた未開封《みかいふう》未整理の郵便物《ゆうびんぶつ》が山をなしており、部屋《へや》のそこかしこに、働くお母《かあ》さんのせわしない生活がつくり出した、リアルな乱雑《らんざつ》さが息づいていた。

いや、「働くお母《かあ》さん」とひとくくりにするのは、それこそ乱雑《らんざつ》かもしれない。生活スタイル、家事の好みは人それぞれで、理子の両親も共働きではあるものの、理子の母親は洗濯《せんたく》が好きらしく、わりとこまめに洗濯機《せんたくき》をまわす。白い衣服を漂白剤《ひょうはくざい》でまっしろに仕上げることが、ストレス発散になるらしい。ただ同じ洗《あら》いものでも、食器洗《しょっきあら》いは苦行だそうで、よく流し台に朝食から夕食までの食器をためこんでは、ため息をついていて、そのあたりが、理子や理子の父の出番が多くなる家事分野だ。その点、田中家《たなか》の部屋《へや》は、全体的にちらかってはいるものの流し台はきれいで、生ごみのにおいはしない。むしろ部屋《へや》には、香水《こうすい》や化粧品《けしょうひん》の香りがまざり合った甘《あま》い香りが立ちこめていて、つまり田中家は、無《む》味無臭《みむしゅう》のイメージのアンドロイドからはほど遠い、生きた香りに満ちていた。

「こっち、こっちー。入って入ってー」

と、理子が失礼になるかギリギリの範囲《はんい》で田中家のすみずみに目をくばっていると、ルーが、理子たちを手招《てまね》きする。どうやらリビングのすぐわきの引き戸の先が、ルーの個室《こしつ》になっているようで、部屋《へや》に入るとそこには、四畳半《よじょうはん》ほどのスペースがあった。

のぞいてみると、そちらはとなりのリビングダイニングとは打って変わって、色も物も少ない。フローリングの上には、インターネットショッピングで取りよせたまま、未開封《みかいふう》になっているらしいダンボール箱と、開封《かいふう》後、そのまま物入れになっているらしいダンボール箱が数箱、無造作《むぞうさ》に放置されている。一方で部屋《へや》のすみには、敷布団《しきぶとん》と掛《か》け布団《ぶとん》がきちんとたたまれていて、なるほど、こちらの部屋《へや》だけ見ると、今度は急にアンドロイド感がにじみ出てくる。もしかするとルーは、鞠奈《まりな》が訪《たず》ねてくる今日《きょう》を見越《みこ》して、事前に私物《しぶつ》をダンボール箱につめこみ、生活感のないアンドロイドらしさを演出《えんしゅつ》しようとしていたのかもしれない。しかし、ならば布団《ふとん》も隠《かく》して、充電器《じゅうでんき》のみにしておくべきだったのではと思ったが、さすがに布団《ふとん》を隠《かく》す場所はなかったのだろう。

と、理子《りこ》がそんな感想を口にする前に、そこで鞠奈が、この空間でいちばん存在感《そんざいかん》をはなっているものに対して、歓声《かんせい》をあげた。

「丑寅《うしとら》ちゃん！　やっと会えたー！」

先ほどルーが鞠奈に向けた殺《ころ》し文句《もんく》を、今度は鞠奈が使っている。ただそれを、さすがの理子も、たしなめられはしなかった。というのも、確《たし》かに鞠奈の目線の先には、理子ですら歓声《かんせい》をあげたくなってしまうほどのかわいさがあったのだ。

そこでは、パンダマウスの丑寅が、つぶらな瞳《ひとみ》で理子たちを見上げていた。

その白と黒のボディは、思った以上にとても小さい。そしてその、かよわさをぎゅっと凝縮《ぎょうしゅく》したような小さな小さなパンダマウスは、ペット用のケージの中で今、いきなりやってきた初対面の人間たちに対し、警戒体勢《けいかいたいせい》をとっている。ハムスターや小鳥などの飼育用《しいくよう》としてよく見るその檻《おり》タイプのケージは、おそらく最小のものと思われたが、丑寅があまりに小さいがゆえに、窮屈《きゅうくつ》さは感じられなかった。

丑寅はかわいい。とにかく、かわいい。丑寅が、鼻をひくひくさせるたびに、長いひげは羽ばたくように動き、きょとんとしているように見える瞳《ひとみ》には、明らかに意思が宿っている。賢《かしこ》そうであどけないその姿《すがた》を前にすると、見ている方が勝手にその瞳《ひとみ》から感情《かんじょう》を読み取ってしまい、ペットを飼《か》った経験《けいけん》のない理子ですら、「びっくりさせてごめんね」、「こわくないからね」、「大丈夫《だいじょうぶ》だよ」という言葉を浴びせたくなった。

同時に先日、錯《さく》に対して言った、「ペットはすべてロボット化すればいい」という発言を、後悔《こうかい》してしまう。こんな感情《かんじょう》を、こんなにも自然にこみ上がらせることができる存在《そんざい》は、やはり「本物の命」しかないのではないだろうか。と、一瞬《いっしゅん》のうちにして、考えを改めた。

「かわいいねぇ」

鞠奈《まりな》はそう言ってさっそく、ケージの前にしゃがみこみ、丑寅《うしとら》を近くでながめている。

しかし、すぐに立ち上がると、

「あ、手、洗《あら》ってきた方がいいよね？　洗面所《せんめんじょ》借りていい？」

と、早く丑寅に触《ふ》れたいという気持ちをそわそわとおさえられずにいることを隠《かく》そうともせずに、ルーに懇願《こんがん》した。するとルーは、小さくほほえむ。

「うん。洗面所《せんめんじょ》ちらかってるから、そこのキッチンでいい？　タオルとかないけど……」

「タオル持ってるから大丈夫《だいじょうぶ》！」

「よかった。あと、ごめん、うち、コップなくて、お茶とか出せなくてごめんね」

「水筒《すいとう》あるし、大丈夫《だいじょうぶ》だよー。それより丑寅ちゃん、なでてもいい？　知らない人が急にさわると、ストレスになっちゃうかな……」

「うーん、そうかも。ちょっとケージから出して、散歩させてみよっか。丑寅が鞠奈ちゃんたちに慣《な》れて、丑寅の方から自然に近づいてきたら大丈夫《だいじょうぶ》だと思うよ」

それで鞠奈と理子《りこ》は手を洗《あら》い、丑寅のケージがある部屋《へや》にもどる。ルーは、部屋《へや》の引き戸をきっちりとしめ、それからそっとケージのとびらを開けた。

丑寅は、先ほどと同じように鼻をひくひくとさせながら、ゆっくりとケージから身を乗り出し、おそるおそるあたりのようすをうかがいながら、はい出てくる。

自然と、鞠奈も理子もおしだまり、かたずをのんで、そのようすを見守った。自分の一挙手一投足が、少しもこの生命の邪魔《じゃま》にならないようにと、最大限《さいだいげん》気をくばった。

しかし、そこでほかでもないルーが、がさりと音を立てる。見ればルーは、小動物用のペットフードと書かれた大袋《おおぶくろ》から、数粒《すうつぶ》、茶色いドライフードを取り出し、それを丑寅の進行方向へそっとおいている。すると丑寅は一瞬《いっしゅん》、においを確認《かくにん》するように鼻をひくつかせたあと、すばやい動きでフードに向かい、二本の前足で器用にフードをおさえながら、カリカリとそれをかじりはじめた。

理子と鞠奈は、同時に嘆息《たんそく》する。人間、本当にかわいい存在《そんざい》を前にすると、黄色い声はあげられない、と学んだ。そんな理子と鞠奈を見て、ルーは満足げな表情《ひょうじょう》をしている。

「ど？　かわいいでしょ」

その問いかけに、鞠奈はぶんぶんと首を大きく動かしてうなずき、理子ももちろん、うなずくしかなかった。

それからは、ただただ三人、丑寅《うしとら》を目で追って過《す》ごした。どの会話も、話題は丑寅関係で、その会話すら、皆《みな》、丑寅に目をうばわれて、上の空で内容《ないよう》がない。そして、そんないくつかのからっぽの会話ののち、とうとう丑寅が鞠奈《まりな》の手の上に乗ると、鞠奈は歓喜《かんき》の声を必死に押《お》し殺《ころ》したような瞳《ひとみ》で理子《りこ》に視線《しせん》を送り、それで思わず理子も丑寅に向けてゆっくりと手をのばした。すると、想像《そうぞう》以上にやわらかい毛並《けな》みが指先をすべり、そこから流れてくるなめらかなぬくもりに、理子はどうしようもなく神秘《しんぴ》を感じた。

ロボットだったら、きっとこうはいかない。人間はまだ、こんなにもなだらかなぬくもりを、人工的にはつくれない。論理《ろんり》の向こう側で、理子はただただそう感じた。

そしてその感覚は、鞠奈から丑寅を、体ごとそっと両手で受け取った時、さらに強くなった。理子の手のひらに丑寅の爪《つめ》がひっかかり、先ほどの毛並《けな》みのやわらかさとはまったく異《こと》なるチクチクとしたかすかな痛《いた》みが、丑寅の動きとともに理子の手の上に不定期に刻《きざ》まれる。そして、その予想外の痛《いた》みにおどろき、思わず丑寅を手放そうとしてしまった理子の動きを敏感《びんかん》に察知したのか、丑寅はおわん型《がた》にくっつけた理子の両手からすばやく逃《に》げ出《だ》し、部屋《へや》のすみの布団《ふとん》の奥《おく》へ入りこんでしまった。

「あ……」

理子は、言葉にならないそんな声をあげて、丑寅の去っていった軌跡《きせき》を名残惜《なごりお》しく目で追う。寂《さび》しさと、丑寅に逃《に》げられてしまった恥《は》ずかしさで、少し体が熱くなった。

ロボットだったら、きっとこの「機能《きのう》」は搭載《とうさい》されない。ロボットだったら、人に爪《つめ》は立てないし、人をおいてけぼりにしない。人を、こんな気持ちにはさせない。

ロボット、だったら。

そんな気持ちとともに、理子が顔を上げると、ルーと目がばちっと合った。ルーは本日、理子たちと合流してからずっと変わらない、完璧《かんぺき》な笑顔《えがお》でほほえんでいて、理子はそれを人間らしいと感じるべきか、ロボットじみた嘘《うそ》くささだと感じるべきかよくわからなかった。それで理子は、思わずルーから目をそらし、早口で言いわけを口にしてしまう。

「私《わたし》、動物飼《か》ったことなくて、だっこの仕方、下手《へた》だったかも。ごめん」

すると、ルーはすぐに首を左右にふる。

「大丈夫《だいじょうぶ》だよ。鞠奈ちゃんも理子ちゃんも、丑寅が手から飛《と》び降《お》りてもケガしないように、ちゃんとすわって低い位置でだっこしてくれて、やさしいなって思ったよ。人間は、ネズミがピンポン玉と同じ大きさでも、ピンポン玉と同じようには持たないように最初から気をつけられるところがいいよね。アンドロイドは、『今から手にするものは命があるものなので、つぶしたり落としたり、その他、命をおびやかすようなことがないように触《ふ》れてください』って事前にプログラミングしてもらわないと、丑寅《うしとら》を大事にできない」

すると、丑寅が隠《かく》れている布団《ふとん》の奥《おく》を見つめていた鞠奈《まりな》が、ルーのその言葉に反応《はんのう》して、目を輝《かがや》かせる。

「なるほど！　人は本能的《ほんのうてき》に命を大事にできる。それ、なんだかすてきなフレーズ！」

すると、鞠奈のそのはしゃぎ方を見て、ルーの瞳《ひとみ》が少しあいまいにゆれる。ルーの完璧《かんぺき》な笑顔《えがお》が初めてくずれて、理子《りこ》はまゆをひそめた。

「……じゃあ、田中瑠卯《たなかるう》には、誰《だれ》が丑寅を大事にする方法をプログラミングしたの？」

思わずそうたずねてしまって、理子は言った瞬間《しゅんかん》、心のうちで舌打《したう》ちをする。

しまった。先ほどの鞠奈と同じように、こちらからルーに、アンドロイド設定《せってい》を思い出させる助け舟《ぶね》を出してしまった。しかし、そんな理子の後悔《こうかい》をよそに、ルーは少しだけ目を見ひらくと、それでも最後はまた同じようなほほえみに行きついて、首をかしげる。

「さあ。丑寅から、自然に学んだのかな」

自然に、という、アンドロイドにとっては自然なのか不自然なのかわかりにくいワードを受けて、理子は口をつぐむ。しかしすぐに脳裏《のうり》に、錯《さく》から聞いた「ティーカップ・プードルを大切に飼《か》えなかった女性《じょせい》の話」が浮《う》かんで、理子はつぶやいた。

「まあ、人間でも自然に学べない人もいるけどね」

するとルーは、声をあげて笑う。

「そうだね。じゃあ、そういう人よりも俺《おれ》の方が人間らしいのかな」

その笑顔《えがお》を見て、理子はもう、下手《へた》な小細工をすることが馬鹿らしくなり、急に単刀直入にたずねた。

「ねえ、田中瑠卯はなんでアンドロイドのふりなんてはじめたの？」

するとルーは、面食らったあとに、すぐにまたアンドロイド・スマイルを浮《う》かべる。

「なんで、アンドロイドだって公表したかってこと？　そうだよね、本当に人間の生活を学びたいなら、言わないまま、人間として接《せっ》してもらった方がいいはずだもんね」

「……うん、まあ、そう、どっちにしろ、アンドロイドでいるメリットってなに？」

「開発者たちも隠《かく》した方がいいって思ってたみたいなんだけどさ、俺《おれ》があんまりにもよくできたアンドロイドだから、開発者たちもだんだんこわくなってきちゃったらしくて、それで俺《おれ》に発表させたんだ」

「こわくなったって、なにが？　アンドロイドに人間社会を乗っ取られるかもって？　あ、っていうか、鞠奈《まりな》に聞いたけど、あんた、別に成績《せいせき》よくないらしいじゃない。高機能《こうきのう》AI《エーアイ》搭載《とうさい》のアンドロイドなら、なんでも百点とれるんじゃないの？」

「ちょ、理子《りこ》ちゃん」

急に自分の告《つ》げ口《ぐち》をばらされてあせったのか、鞠奈が理子を止めに入ろうとする。

しかしルーは、そんな鞠奈にやさしく、首をふった。

「AI《エーアイ》ってさ、テスト、結構解《けっこうと》けないんだよ。文章読めないから」

あっけらかんとそう言いのけたルーに、鞠奈がおどろく。

「そうなの？」

「うん。日本の国立の研究所が開発した、大学入試を突破《とっぱ》することに特化したAI《エーアイ》もさ、数学は得意で模試《もし》の偏差値《へんさち》も75以上とれるけど、国語とか小論文《しょうろんぶん》は苦手で、模試《もし》全体の成績《せいせき》になると偏差値《へんさち》は50くらい、つまりちょうど平均《へいきん》くらいになるんだ。だから、ぜんぶの大学に合格《ごうかく》できるレベルじゃ、まだ全然ないんだよね」

「へえ、意外！」

「結局AI《エーアイ》って、入力された言葉を過去《かこ》のデータに照らし合わせて、統計的《とうけいてき》に『答えである確率《かくりつ》が高いもの』をはじき出してるだけだからね、本当の意味で言葉とか文章を理解《りかい》して答えてるわけじゃない。だから、問題文のキーワードをちょっとひろいまちがえると、解答文《かいとうぶん》がとんでもなくとんちんかんになるし、◯×問題とかも、二択《にたく》だからかんたんそうに見えるけど、実は文脈《ぶんみゃく》を読まなきゃ解《と》けない問題だから、まちがえることが多い」

と、ルーはそう言って、肩《かた》をすくめる。

「と、いうことで、アンドロイドがテストで百点をとれないのは、あたりまえなのです」

それで鞠奈は笑う。

「一周まわって、結局、人間っぽいね。でも、そっかー。AI《エーアイ》が文章読めないなら、私《わたし》がどんなにがんばっても、ルーくんには私《わたし》の小説、読んでもらえないのか……」

「うん。読んでるようにふるまうことはできるんだけどね、本当の感動はできない」

「そっかぁ……」

本当に残念そうにしている鞠奈《まりな》を見て、理子《りこ》はあわてて会話を止めに入る。

「ちょっと、鞠奈。けむに巻《ま》かれないで。私《わたし》は、田中瑠卯《たなかるう》になんでアンドロイドのふりをしてるかって聞いたんだから」

「や、俺《おれ》、けむに巻《ま》いてないって！　成績《せいせき》の話、し出したの、理子ちゃんだからね」

「で？　なにがこわくて、開発者さまはあんたにアンドロイド宣言《せんげん》させたって？　とりあえず、東大生が全員アンドロイドになる日はまだ来なそうだけど？」

「うん、そう。俺《おれ》たちにはまだ、人間を超《こ》えられていない部分がたくさんある。ただ、逆《ぎゃく》にこれから、人間の創造力《そうぞうりょく》と思考力を下げていくことはできる」

「下げる？」

「ほら、俺《おれ》って、愛されキャラじゃん」

「ん？　ああ、うん、はいはい」

「あれ、ツッコミが雑《ざつ》になってきたな。いや、マジメな話だよ？　俺《おれ》、見た目も性格《せいかく》もかわいいから、昔から人に好かれやすいんだけど、それって、アンドロイドの特性《とくせい》なんだ」

「続けて」

「AI《エーアイ》の会話ってさ、入力された単語の組み合わせから、このパターンならこの流れだろうって、『正解《せいかい》』の可能性《かのうせい》が高い言葉をデータ上から引っぱってきて、それを、スマホで予測変換《よそくへんかん》を選び続けるみたいにつなげる場合がほとんどなんだよね。自分のスマホの予測《よそく》変換《へんかん》なら、自分の過去《かこ》だから、それが予測変換《よそくへんかん》であることがわかるけど、AI《エーアイ》が引用しているのは膨大《ぼうだい》な量の他人の過去《かこ》。だから、それがただの予測変換《よそくへんかん》であることが相手にはわからなくて、ふつうに会話してるように感じられる。それが情報《じょうほう》の検索《けんさく》目的なら、その情《じょう》報《ほう》がまちがっていないかぎり、問題はないかもしれない。でもAI《エーアイ》は、感情《かんじょう》を表す言葉も、過去《かこ》のデータから『最適《さいてき》』なものを選んでこられる。『君って最高!』、『本当にいいアイデアだね』、『大丈夫《だいじょうぶ》だよ』。なにを相談しても、AI《エーアイ》はめんどうくさがらずに、最高の答えをくれる。しかも、同じ人間と会話を重ねることでその人個人《こじん》の好みを学習していけば、この人はこう言うとよろこぶ、こう言うと怒《おこ》るっていうデータがたまっていって、どんどん、その人専用《せんよう》の『正解《せいかい》』をくれるようになる。そうなってくると、人はこれから、AI《エーアイ》との会話に依存《いぞん》するようになるかもしれない」

明るく話すルーの表情《ひょうじょう》とは裏腹《うらはら》に、鞠奈《まりな》の表情《ひょうじょう》に影《かげ》がさす。

「そっか、自分に都合のいいことだけ言ってもらえるって、確《たし》かに心地《ここち》いいかも……」

と、鞠奈は、自分がその術中《じゅっちゅう》にはまりやすいことを自覚しているようで、不安に駆《か》られたらしい。すると、それもまさにルーの術《じゅつ》であったようで、ルーはさらに続けた。

「占《うらな》い師《し》とかもそうかもしれないけど、自分にとって都合のいいことを言ってくれる人のことは、つい信じたくなる。そんな中で、どんどん自分で考えたり決断《けつだん》したりすることがめんどくさくなって、やることなすこと、人生の重要な決断《けつだん》もぜんぶ、AI《エーアイ》に聞くようになってきたら、いよいよ危《あぶ》ない。過去《かこ》のデータから答えを出すAI《エーアイ》に頼《たよ》りきりになれば、人間は過去《かこ》を超《こ》えられなくなるし、まちがった情報《じょうほう》でも、それがまるで正解《せいかい》であるようにすすめられれば、まちがいに気づかず、考えなしにそれを選んでしまう。それがちょっとしたことならまだしも、選挙で誰《だれ》に投票するか、裁判《さいばん》の判決《はんけつ》をどうするか、手術《しゅじゅつ》をするかしないか、そういう選択《せんたく》までAI《エーアイ》に聞かなきゃ決められなくなる人間が、今後はどんどん増《ふ》えていくかもしれないんだよね」

「それが、ルーくんの言うところの、AI《エーアイ》が人間の創造力《そうぞうりょく》と思考力を下げるこわさ?」

「うん。だから、人間に今のうちにそういうリスクに気づいてもらうためにも、AI《エーアイ》側は、自分がAI《エーアイ》であることを必ず明言しなければならないんじゃないかって、俺《おれ》の開発者は考えたんだ。人間が思考をAI《エーアイ》にまる投げしてしまったとしても、どこかで『この好意はAI《エーアイ》による見せかけのもので、本当に好かれているわけじゃないんだ』、『これは、AI《エーアイ》が出した答えだから、自分の意見じゃないんだ』って認識《にんしき》できるように。だから俺《おれ》も、人が俺《おれ》のことを本当の人間だと思って愛着とか信頼感《しんらいかん》を持ちすぎないようにするために、その規定《きてい》に則《のっと》って、俺《おれ》はアンドロイドだよーって宣言《せんげん》したってわけ」

「そっか、そうだったんだ……。あー、そう言われてみると私《わたし》も確《たし》かに、スマホで本読んでると、次のおすすめはこれって出てきて、ついそれ読んじゃうなぁ。あれもAI《エーアイ》が私《わたし》の過去《かこ》の読書傾向《けいこう》から統計的《とうけいてき》に好きそうな本をおすすめしてくれてるんだよね? うわ、こわ。私《わたし》、もうすでにいろんなこと、自分で考えられてないのかもしれない」

「でも、鞠奈ちゃんは、読書感想文とかはAI《エーアイ》に頼《たの》んでないでしょ? 小説を書くっていう創造的《そうぞうてき》なことも楽しめてて、それは、すごく人間らしい能力《のうりょく》だから、俺《おれ》としてはすごくあこがれる。鞠奈《まりな》ちゃんは、ちゃんとかっこいい人間だよ」

「ルーくん……。ありがとう……」

と、そこで鞠奈とルーがほほえみ合ったので、理子《りこ》はすかさずツッコミを入れる。

「や、鞠奈、なにほだされてるの」

「え？　あ、そっか。ルーくん、ＡＩ《エーアイ》なんだった。だから、こんな心地《ここち》いい会話を……。ルーくん、アンドロイドだってちゃんと自分から言ってくれてるのに、私《わたし》、やっぱりつい、のめりこんじゃう」

「や、鞠奈、ちがうから。田中瑠卯《たなかるう》、アンドロイドじゃないから」

「え？　もう私《わたし》、なんか混乱《こんらん》してきた……」

「鞠奈、落ちついて」

頭をかかえた鞠奈を毒牙《どくが》から守るように、理子はルーをにらみつける。

「あんたが、アンドロイドとかＡＩ《エーアイ》のこと、そこそこくわしいのはわかった。確《たし》かにふつうの中一より知識《ちしき》が飛びぬけてて、あんたはそういう意味でアンドロイドっぽい。けど、あいにく私《わたし》は、ほかにも中一とは思えないほど小賢《こざか》しいしゃべり方をする嘘《うそ》つき同級生の人間を知っちゃってるから、その手には乗れないの」

「え、や、俺《おれ》は、別にふたりをだまそうとしてるわけじゃ……」

「自称《じしょう》アンドロイドは、じゅうぶん、嘘《うそ》つきでしょ。さっきからいろんなＡＩ《エーアイ》知識《ちしき》で鞠奈のことまるめこもうとしてるみたいだけど、結局、自分の人間くささをそれっぽい理由で隠《かく》そうと言いわけしてるだけじゃない。相手に都合のいいことばっかり言って好かれて、相手の思考力をうばうのは、アンドロイドがやることじゃない。詐欺師《さぎし》がすること！　いい加減《かげん》、ねらいはなにかはきなさいよ。鞠奈をどうするつもり？」

物語のクライマックスのテンションで、理子はルーに言葉を投げつける。

すると、ルーの顔からはアンドロイド・スマイルが消えさり……。

ルーはきょとんとして、首をかしげた。

「本当だ……」

「え？」

「確《たし》かに、今、俺《おれ》が言ってたことって、人間の特徴《とくちょう》でもあるんだ。気づいてなかった」

「ルーくん？」

自問自答するように、急に言葉を内向きに閉《と》ざしたルーに、理子《りこ》と鞠奈《まりな》はあっけにとられて顔を見合わせる。するとルーは、はっと我《われ》に返り、照れくさそうな笑《え》みを浮《う》かべると、自分の思考をゆっくりと追うように、ふたたび、理子たちに向かって話しはじめた。

「いや、さっきの大学入試の話もそうなんだけど、文章をきちんと読めてないのに、AI《エーアイ》が模試《もし》で平均点《へいきんてん》をとれるって結果が出た時、ということは、人間の中にももしかすると、文章をきちんと読めてないのに問題に答えられてしまっている人がいるんじゃないかっていう説が出たんだよね。日本の昔ながらのテストって、時間制限《せいげん》のある選択式《せんたくしき》が多いから、急いで答えをうめなきゃならないじゃん？　だから、小中学校の国語の読解《どっかい》問題ですら、時間がなくなるから長文は最初から読むな、問題文を見てから該当箇所《がいとうかしょ》を効率《こうりつ》よく読んで答えをひろえって教えられることもあるわけで、思えばそれってAI《エーアイ》がしてることに似《に》てるよね。確《たし》か実際《じっさい》、何年か前に、数万人の子どもから大人《おとな》までを対象《たいしょう》にした読解力《どっかいりょく》テストがあったんだけど、そこでも中高生の読解力《どっかいりょく》はAI《エーアイ》と同じくらいっていう結果が出たらしい。つまり、文章を読む力が未熟《みじゅく》だっていう特徴《とくちょう》は、別にAI《エーアイ》にかぎったことじゃなくて、キーワードだけひろって問題に答えるっていう方法をとってる人間にもあるものなんだ」

そしてルーは、さらに首をかしげる。

「人との会話だってそうだ。AI《エーアイ》との会話は、他人の過去《かこ》の予測変換《よそくへんかん》と話してるみたいなものって言ったけど、よく考えたら人間同士《どうし》の会話も、基本《きほん》そうだよね。人は、その人の過去《かこ》のつみかさねでできてて、その経験《けいけん》から言葉を選んで会話をしてるわけで……。自分のじゃなくて、他人の予測変換《よそくへんかん》と話せるから会話はおもしろいんだとしたら、結局、人との会話もチャットAI《エーアイ》と変わらないのかもしれない。相手がよろこぶ言葉を選ぶことだって、理子ちゃんの言うとおり、人間も日常的《にちじょうてき》にしてることで……。相手が好きそうなプレゼントを選んだり、その人を怒《おこ》らせないように顔色をうかがったり、そういう人間のあたりまえの気遣《きづか》いを、AI《エーアイ》がしたからってなんだろう？　別にこわいことじゃないのかもしれないね？」

と、急にルーからまっすぐな視線《しせん》を向けられ同意を求められて、理子はたじろぐ。

「え、や、そう、かな。やっぱり、こわいんじゃない？　だって、人間は誰《だれ》にでもずっと親切にできるわけじゃないけど、AI《エーアイ》は、気遣《きづか》いが無尽蔵《むじんぞう》なわけでしょ？　心がすりへらない。だったら、気の向きよう次第《しだい》、気持ちの変化次第《しだい》で対応《たいおう》が変わる人間よりも、AI《エーアイ》に依存《いぞん》しちゃう人間はやっぱり、これから増《ふ》えるかもしれないわけで……」

自分の立場と会話がどこに向かっているかわからないまま、理子《りこ》は手探《てさぐ》りで、おそるおそるそう口にする。すると鞠奈《まりな》もうなずいて、

「うん。アバターとかアンドロイドの見た目を自分好みにできるなら、さらに依存《いぞん》しちゃうかも。しかも、依存《いぞん》したあとに、そのAI《エーアイ》がハッキングされて、悪い人に乗っ取られたら？　私《わたし》だったら、気がつかないでその悪い人の言いなりになっちゃう気がする……」

すると、ルーは鞠奈の言葉に、なるほど、とうなずく。

「確《たし》かに、俺《おれ》も気をつけないと」

そしてルーは、俺《おれ》＝アンドロイドの立場を維持《いじ》したまま、あごに指を当てて考えこむ。

「見た目もなー。そうだよなー。俺《おれ》は、ゲームとかアニメ慣《な》れしてる日本人の、特に女性《じょせい》にウケる見た目に設定《せってい》されてつくられてるけど、一応《いちおう》、オリジナルの見た目なんだ。でも、人気アイドルとか、元々いる人間をコピーした外見に、AI《エーアイ》を組みこんだアンドロイドをつくっちゃったら、そのモデルになった人間の方はこわいだろうな。AI《エーアイ》が勝手に発

言してる言葉に人格《じんかく》をのみこまれて、自分がわかんなくなりそう。しかも、そんなアンドロイドが大量生産されて、いろんな人に消費《しょうひ》されたら……」

「本当だ、こわ……。生きてる人のアンドロイドはつくっちゃダメって法律《ほうりつ》で決めた方がいいのかもね」

真剣《しんけん》な顔でうなずく鞠奈に、ルーも真剣《しんけん》なまなざしを返す。

「でもアンドロイドの技術《ぎじゅつ》は、リモートの仕事の代役とか、事故《じこ》や病気で体の一部の機能《きのう》を失った人のためにも活《い》かされるものだから、法律《ほうりつ》でそう決めちゃうと、そっちも制限《せいげん》されちゃいそうでこまるな。俺《おれ》らとしてはなるべく人間の役に立ちたいから」

「そっか……」

鞠奈とともに、理子も考えこむ。

確《たし》かにいずれ、皆《みな》が好きなアンドロイドをかんたんにつくれる時代が来たとして、アイドルの鼻のデザインは、皆《みな》が好きに無料で利用してもよいのだろうか。目は？　口は？　耳は？　人の権利《けんり》はどこまでで、そもそもどこまでを、人と呼《よ》ぶことができるのか。

と、理子が混乱《こんらん》していると、ルーが、ため息をつく。

「規則《きそく》っていえばさ、昔、アシモフっていう有名なSF《エスエフ》作家が、『ロボット三原則《さんげんそく》』っていう、ロボットが暴走《ぼうそう》しないためのルールをつくったんだ。今でもロボット開発の議論《ぎろん》でよく引き合いに出される有名なやつでさ、ロボットは、『人間に危害《きがい》を加えてはならない』、『人間の命令に従《したが》わなければならない』、『自己《じこ》を守らなければならない』っていうやつなんだけど、実はこのたった三つを守ることすら、俺《おれ》らには難《むずか》しい。だって、たとえば、好きな人をふりむかせるために、相手にラブレターを毎日届《とど》けてって言われたら？　相手が迷惑《めいわく》だったとしても、命令者の気持ちを優先《ゆうせん》して届《とど》けるべき？　相手が迷惑《めいわく》しているからやめようって命令者を諭《さと》す？　そんなこと言うならおまえなんて役に立たないから目障《めざわ》りだ、自爆《じばく》しろって言われたら？　昨日《きのう》は、一生そばにいてって言われたのに、かんたんに自爆《じばく》してもいいのかな？　誰《だれ》かを守るための行動が誰《だれ》かを傷《きず》つけることって、実は山ほどある。どの人間の利益《りえき》を、どの程度優先《ていどゆうせん》すべきか、それは俺《おれ》らには判断《はんだん》が難《むずか》しい」

と、理子《りこ》はそこで思わず、つぶやく。

「それって……」

するど、深刻《しんこく》な表情《ひょうじょう》をしていたルーと鞠奈《まりな》が、同時に理子を見た。

理子は、ごくりとつばをのみこむと、続ける。

「嘘《うそ》、みたい」

「嘘《うそ》？」

「うん。人間は、誰《だれ》かを守るために嘘《うそ》をつくことがあって、でも、嘘《うそ》は基本《きほん》、人を傷《きず》つけるものだから、誰《だれ》かを守ろうとしたそのやさしささえ、嘘《うそ》であるかぎり同時にちがう誰《だれ》かを傷《きず》つける可能性《かのうせい》がある。それでも人間は嘘《うそ》をやめられなくて、誰《だれ》の心を優先《ゆうせん》すべきかわからなくなったりまちがえたりしながら、嘘《うそ》で進化して、嘘《うそ》でやりすごして、嘘《うそ》にふりまわされて生きてきた。それって、今の話に似《に》てない？　あれ？　でも……」

そこで理子は、ふと答えのようなものにたどりついて、そうだ、とつぶやく。

そして、ルーを改めてまっすぐに見つめると、静かに言った。

「人間とA I《エーアイ》のちがいって、実はそこなのかも。A I《エーアイ》は、嘘《うそ》をつけない。過去《かこ》のデータを引っぱってきて組み合わせるっていう人間のマネしかできなくて、だから、アンドロイドには嘘《うそ》がつけないんだ」

するとルーは、理子のその答えを受けて、一瞬《いっしゅん》ぐっと、瞳《ひとみ》の奥《おく》に力を入れたように見えた。しかしすぐにまた、おだやかなアンドロイド・スマイルを復活《ふっかつ》させる。

「そう？　むしろ、俺《おれ》らは嘘《うそ》のかたまりなんだと思ってた。見た目も声も、人間のパクリのつくりもの。アンドロイドだって名乗らなければ、人間のふりをして人間をだます嘘《うそ》つき。質問《しつもん》をとりちがえて、たまにとんでもない嘘《うそ》の情報《じょうほう》を、さも本当のことのように伝えることもある。だから、チャットＡＩ《エーアイ》を使って作文とか書いちゃいけないって言われてるんでしょ。俺《おれ》らはまだ、不完全の偽《にせ》ものなのに、人間がそれに気がつかないでだまされちゃうから」

「それは、嘘《うそ》じゃなくて誤情報《ごじょうほう》。人間をだまそうとか守ろうとかっていう意思で、わざとついてる嘘《うそ》じゃないでしょ。見た目も声も、つくったり設定《せってい》したりしているのは人間で、アンドロイドが自分の意思で選んだものじゃない。アンドロイドに、創造的《そうぞうてき》な嘘《うそ》はつけない。人を出しぬこうとか、人を傷《きず》つけたくないとか、そういう嘘《うそ》の動機になる心が、アンドロイドにはないんだから」

言った瞬間《しゅんかん》、言ってしまった、と理子《りこ》は思った。心、などというこっぱずかしいワードを、結局、使ってしまった。そのことに、理子の心は一瞬《いっしゅん》、真《ま》っ赤《か》になりかけて、しかしその赤を見て見ぬふりをするために、心のセンサーをしっかり切った。

そして理子は、大事な一言に、言葉をつなげる。

「でも、田中瑠卯《たなかるう》はちがうでしょ。嘘《うそ》をついてる」

「嘘《うそ》？」

「もう一回聞く。あんたはなんで、自分がアンドロイドだなんて嘘《うそ》、ついてるの？」

すると、まるで理子のその言葉が、時計《とけい》にとばりを下ろしたかのように、部屋《へや》の時間が止まった。理子のとなりでは鞠奈《まりな》が、理子がつくり出したその静寂《せいじゃく》をくずさないよう、体をこわばらせ、静かに息をしている。

ルーは理子をじっと見つめていて、しかしその瞳《ひとみ》には動揺《どうよう》の色はなく、嘘《うそ》をつくり出そうともがくようすもない。ただ、理子がルーに入力した言葉を、じっくりと解析《かいせき》しているような、そんな機械的な間が、全員を待ちの姿勢《しせい》へと拘束《こうそく》した。

そして、そのとてもかたい間のあとに、ルーがはじき出した答えは、ルーのこれまでのアンドロイド・スマイルには乗り切らない、はじけるような笑顔《えがお》だった。

「そっか。こまったな、じゃあ、俺《おれ》は人間なのかもしれない」

それは、とてもおもしろいことを耳にした時のような、とても人間味あふれる表情《ひょうじょう》で、ルーはその笑顔《えがお》のまま、こまったように首のうしろに手をやる。

「じゃあ、俺《おれ》、自由になっていいのかな？　人間を助けなくてよくて、人間の命令に従《したが》ったり、自分を守ったりもしなくてよくて、毎日、人間みたいに過《す》ごしていいのかな。気分によって人に当たったり、好きな人にだけ親切にしたり、わざと嘘《うそ》をついたりしてもいいのかな」

あはは、と、楽しい冗談《じょうだん》を言うようにそう言うと、ルーはそこで、笑顔《えがお》をしゅっと縮小《しゅくしょう》する。アンドロイド・スマイルに、笑顔《えがお》のサイズをぴたっと合わせた。

そして、理子《りこ》と鞠奈《まりな》を見ると、とてもかわいらしく、首をかしげる。

「でも、なんだかそれって、よくないことのような気がするね。そう感じるのは、俺《おれ》が人間にならないようプログラミングされてるからなのかな。ごめんね、理子ちゃん。俺《おれ》がアンドロイドだなんて嘘《うそ》だよって言いたいけど、どうしても言えない。ちょうどよい嘘《うそ》をつけなくて、ごめん」

そこまで言うとルーは、すっくと立ち上がり、部屋《へや》のすみの布団《ふとん》をそっとずらす。どうやら布団《ふとん》と壁《かべ》のすきまに入りこんだまま出てこなくなっていた丑寅《うしとら》を救《すく》いにいったようで、ルーはその場にしゃがみこむと、やさしく丑寅を手に乗せ、慣《な》れた手つきでケージにもどした。そして、くすっと小さな笑い声をこぼすと、だまったまま動けないでいた理子と鞠奈に、楽しそうにふりかえる。

「俺《おれ》も今、人間とアンドロイドのちがい、わかったかも」

「え？」

鞠奈がかわいた声で反応《はんのう》すると、ルーはどこか得意《とくい》げに、布団《ふとん》をさらに大きくずらす。すると、その奥《おく》に現《あらわ》れた部屋《へや》のすみには、まるで小さな種のような黒い粒《つぶ》が、二つ三つ、ころんところがっていた。その正体にすぐに気がついて、理子は静かにたずねる。

「……フンをするかどうかってこと？」

するとと、ルーはやわらかく首をふって、

「ううん。フンの始末をめんどくさいと思うかどうかってこと」

と、言った。そしてルーは、なにごともなかったかのように素手《すで》でそのフンをひょいひょいとひろい上げ、部屋《へや》を出る。ガラリと部屋《へや》の引き戸が引かれると、その音が部屋《へや》に時間を呼《よ》びこんだかのように、ちょうど外から、夕方の五時を告《つ》げる音楽が聞こえてきた。

「……帰ろうか、理子《りこ》ちゃん」

夢《ゆめ》うつつのとまどいをまとったままつぶやかれた鞠奈《まりな》のその声は、思ったよりも大きく響《ひび》き、部屋《へや》の外でルーもふりかえる。ルーはほほえみ、鞠奈の言葉を否定《ひてい》することなど、もちろんしない。そして理子も、鞠奈の言葉を否定《ひてい》しなかった。

その帰り道、鞠奈は、しばらく理子と無言を共有したのち、ぽつりと言った。

「ねえ、理子ちゃん」

呼《よ》びかけておきながら、鞠奈は赤らみはじめた空の奥《おく》を見ていて、そのわりに顔からは血の気が引いていているように見える。それで理子が、静かに鞠奈の言葉の続きを待つと、鞠奈はじっくりと言葉を選んだあと、言った。

「もしかしたらルーくんって、アンドロイドじゃないのかもしれない」

鞠奈の顔はとても真剣《しんけん》で、しかしそれ以上のことは、その後、口にしなかった。

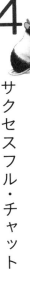

4 サクセスフル・チャット

「え、死んじゃった」

「なにが？」

「親戚《しんせき》のおばちゃん」

「え、大丈夫《だいじょうぶ》なん？」

「うん。三回くらいしか会ったことない人だから、別に。でも、まあまあよく親の話に出てくる人だったからちょっとびっくりして、声出た」

休み時間の定例スマホチェックで、おそらく親からの連絡《れんらく》を目にしたらしいクラスメイトはそう言ってスマホをかばんにもどし、次の授業《じゅぎょう》の教科書を取り出す。

目の前に広がる日常《にちじょう》の風景に、理子はため息をついた。

ルーの家を訪《おとず》れてからというもの、ルーのアンドロイドのふりへの異様《いよう》な執着《しゅうちゃく》ぶりに、さすがの鞠奈《まりな》も身を引いた方がいいと感じたのか、連日理子《りこ》に届《とど》いていた「ルーくんニュース」の発行はなくなり、スマホの画面上では、理子にも日常《にちじょう》がもどっている。

しかし、理子の心のうちにはいまだにもやがかかっていて、まるで迷宮《めいきゅう》入りしてしまったかのようなルーという存在《そんざい》は、幽霊《ゆうれい》のように理子の中をただよい続けていた。

そのルー自身はといえば、その後も結局、学校では自身がアンドロイドであることを匂《にお》わせる言動はしていないようで、あいかわらず、もりもり給食を食べ、にこにこ笑い、つつがなく毎日を過《す》ごしているらしい。

そのことを数日前、錯《さく》に、ルー宅訪問《たくほうもん》の報告《ほうこく》とともにそれとなく愚痴《ぐち》ると、錯はあいかわらずブロック作品を組み立てながら、言った。

「それはまあ、よくある話なんじゃないの？　誰《だれ》だってそうでしょ。こっちがいつまでも赤ちゃんあつかいすると、子どもも甘《あま》やかされたままになるけど、こっちが大人《おとな》あつかいすれば、自然と自立心が育つって聞くじゃん。田中《たなか》くんだって、こっちが人間だと思って接《せっ》すれば人間らしくなるし、アンドロイドだと思えば、アンドロイドらしくふるまうんじゃない？　人間、誰《だれ》しもどこかでなにかを演《えん》じていて、なにを演《えん》じようと思うかは観客次《し》第《だい》でしょ。なんだかんだ人間ってみんな、サービス精神《せいしん》にあふれてるんだよ。みんな無意《むい》識《しき》のうちに、期待されているようにふるまってる」

その時、錯はずいぶんと大きなものを組み立てていて、すでに何百ものブロックが使われている大きな人型《ひとがた》のかたまりに、さらにブロックをつけ足《た》しているところだった。

それで理子は、そんな錯をながめたまま、ため息をついた。

「じゃあなに？　ルーの冗談《じょうだん》を真に受けて、いつまでも鞠奈がルーをアンドロイドあつかいし続けてなければ、ルーは家でも私《わたし》たちに、あんな変な話、しなかったってこと？　てか、なに、そもそもアンドロイドあつかいって。ルーが言い出さなきゃ、鞠奈だってそんなことしなかった」

「あー、それなんじゃない？　田中くんのアンドロイド宣言《せんげん》の理由って」

「え？」

「誰《だれ》かにアンドロイドあつかいしてもらいたくて、自分はアンドロイドだって言った。そしたら、思った以上に自分をアンドロイドあつかいしてくれる鞠奈ちゃんが現《あらわ》れた。鞠奈ちゃんみたいにすなおに自分のアンドロイド設定《せってい》につき合ってくれる同学年なんてそうそういないし、ほかのクラスメイトに無理強《むりじ》いすれば引かれて、生きにくくなるのは目に見えてる。それですぐにターゲットを鞠奈《まりな》ちゃんだけにしぼって、鞠奈ちゃんの前でだけはアンドロイド設定《せってい》を続けるようになった」

「……や、だから、なんでアンドロイドあつかいされたいのよ？　ただのごっこ遊び？」

「んー、どうだろう。てか、そうだ。理子《りこ》さ、ちょっと鞠奈ちゃんに頼《たの》んで、このリンク、田中《たなか》くんに送ってくれない？」

そう言うなり錯《さく》は、ポケットからスマホを取り出し、理子の目の前で、理子になんらかのＵＲＬ《ユーアールエル》を送信する。それで理子もスマホを取り出して、届《とど》いたメッセージをちらりと確《かく》認《にん》した。そこには「サクセスフル・チャット」という名のサイトに続くリンクが表示《ひょうじ》されている。それで理子は、先をうながした。

「なにこれ？」

「うちの実家が開発中のチャットＡＩ《エーアイ》サイトへのリンク」

「あんたの実家、なんでも屋すぎない？」

「なんか嘘吹《うそふ》きの研究に使うらしいんだよね。嘘吹《うそふ》きの能力《のうりょく》がＡＩ《エーアイ》に通用するか試《ため》すのと、人間がAI《エーアイ》に対してどのくらい嘘《うそ》をつくのか研究するんだって。まあ、どうなるかは微妙《びみょう》だけど。あ、あくまで開発中だから、田中くん以外には送らないでね」

「なんで、それを田中瑠卯《るう》に送るのよ？」

「AI同士《エーアイどうし》の会話がどんな感じになるか知りたくて」

「だから、田中瑠卯は人間！」

「そうだった、そうだった。や、まじめな話さ、モニターを探《さが》してるんだよ。ほら、いろいろ問題になってんじゃん、チャットAI《エーアイ》みたいな生成AI《エーアイ》が教育にどう影響《えいきょう》して、どこまで規制《きせい》すべきなのか、みたいな話。ガイドラインとかあるにはあるけど、まだまだ改善《かいぜん》は必要だろうし、そのためには実際《じっさい》、中学生がどのくらいの頻度《ひんど》で、AI《エーアイ》をどう使ってるのかデータが必要でさ。女子のモニターは集まったんだけど、男子が足《た》りなくて、俺《おれ》と全《ぜん》に、探《さが》してこいって通達が届《とど》いたんだよね。けど、俺《おれ》も全も友だちいないじゃん？　こまってたんだよねー。もちろん、ほかにもモニターはいるし、どの端末《たんまつ》でどういう入力が行われたか、個人《こじん》は特定されないから、好きなように使ってって伝えといて」

そう話しながら、手はもうブロックにもどっている錯を見て、理子はまよう。

もうルーには近づかない方がいいのではないかと思う反面、ルーをこのまま放置するのも気持ちが悪いと思う自分もいる。なんでも白黒はっきりとさせ、そしてできるならば黒をなくして、まっしろな世界で生きたいと願う理子《りこ》としては、ルーにもう一度アプローチできる口実ができたことは、ありがたくもあった。

ただ、鞠奈《まりな》を巻《ま》きこみたくはない。

「じゃ、私《わたし》からルーに送っておく。アカウント、つながってなかったけど、申請《しんせい》すればたぶん承認《しょうにん》されるだろうし、DM《ディーエム》で送ればいいでしょ？」

「や、鞠奈ちゃんからにして。理子は田中《たなか》くんのこと疑《うたが》ってるのバレバレすぎて、敵意《てきい》あふれてるじゃん。そんな人からあやしげなリンク送られてきたって、協力しようって気持ちになんないでしょ。絶対《ぜったい》、鞠奈ちゃんからがいい。鞠奈ちゃんにお願いして。てか、理子がしないなら、俺《おれ》から鞠奈ちゃんに頼《たの》む」

最初からそうすればよかった、と、ぼやきながら錯《さく》はまたポケットに手をのばそうとする。それで理子は、大きめの声を出してその手を止めた。

「わかった！　鞠奈に頼《たの》むから！」

最近はただの工作人間になっているとはいえ、錯はたまにぶっとんだ倫理観《りんりかん》を見せることがある。鞠奈が錯と連絡《れんらく》をとる機会は、なるべくつくりたくなかった。

理子は、自分がほぼ無意識《むいしき》のうちに錯の手を止めてしまった理由をそう見なすと、鼻息を荒《あら》くしながら、事情《じじょう》をかんたんに添《そ》えて、鞠奈に錯からのリンクを転送する。すると、鞠奈からすぐに「ぐっ」と親指をつき上げた力強いＯＫ《オーケー》ポーズをしているリスのスタンプと、〈すぐ送るね！〉というメッセージが届《とど》き、話はあっという間についた。

そしてその後、錯はブロック作品づくりが佳境《かきょう》に入ってしまったようで、それ以上はいくら話しかけても、錯から実のある返事は得《え》られず、理子はあきらめて帰路についた。

いや、正確《せいかく》には理子が帰ることを告《つ》げると、錯はめずらしく顔を上げて言った。

「あ、そういえば、理子。俺《おれ》はさ、理子の、俺《おれ》に都合のいいこと全然言ってくれなくて、いっしょにいてまったく心地《ここち》よくないところが、すごく好きだよ」

それで、かばんを手にして立ち上がろうとしていた理子の動きはぴたりと止まる。そして、しばらくその体勢《たいせい》を保《たも》ったあと、ふーっと細いため息を長く出すと、理子はゆっくりと立ち上がって、言った。

「私《わたし》は、あんたのその『好き』ってつければ、なんでもポジティブな意味になると思ってるところ、どうかと思う」

そして理子《りこ》は、「事実なんだけどな」と首をかしげて納得《なっとく》していなさそうなようすの錯《さく》をおいて、錯の部屋《へや》を出たのであった。

と、そこまで先日の錯とのやりとりを思い出すと、理子は改めて教室でため息をつく。

深まってきた秋は、教室を来《きた》る文化祭ムードへと染《そ》め上《あ》げていて、一学期からじわじわと強まったり弱まったりをくりかえし、輪郭《りんかく》をさぐってきたクラスの連帯感のかたちを、いよいよ決めさせようと、さわやかな顔で急《せ》かしている。

そんなクラスに、最近、錯は来ていない。

錯と理子は実は同じクラスである、という事実を忘《わす》れてしまうくらい、二学期に入ってから錯は、ほとんど学校に来ていない。ほとんど、というより、まだ一日しか登校しておらず、クラスの連帯感は今、錯ぬきでかたちが決まりそうになっている。

錯がよいならそれでいい、と、理子も頭ではわかっていた。

集団生活《しゅうだんせいかつ》になじむことがすべてではないこと、すべての人間に集団生活《しゅうだんせいかつ》を強《し》いることが暴力《ぼうりょく》であることは、社会の数々の成功者や、悲しい事件《じけん》が証明《しょうめい》してきた。特に錯は、嘘吹《うそふ》きという特殊能力《とくしゅのうりょく》を有するがゆえに、複数人《ふくすうにん》で会話をすると体に過度《かど》な負担《ふたん》がかかる。つい最近の夏休みにも、それでしばらく寝《ね》こんだばかりだ。クラスメイト全員が手探《てさぐ》りだった一学期を終え、つるむグループがなんとなくかたまり、文化祭に向けて班《はん》作業も多くなってきた中で、今、このクラスには、あまりにも複数人《ふくすうにん》で会話をしなければならないシチュエーションが多い。嘘吹《うそふ》きの力があるために、実家に帰れば仕事が嫌《いや》というほどあって、それをぬきにしても同世代よりもＩＴ《アイティー》スキルに明るい錯は、今後、食べていくための仕事にこまることはないかもしれない。工作という趣味《しゅみ》も充実《じゅうじつ》していて、今は原田《はらだ》先生という気の合う友人もいる。全《ぜん》という、同年齢《どうねんれい》で対等に話せ、似《に》た痛《いた》みをわかち合えるいとこもいる。ほかにも、ネットを介《かい》して定期的に連絡《れんらく》を取り合っているらしい知人は何人かいるようで、友だちが百人いることに幸福感をおぼえるタイプではなさそうな錯にとって、今、学校は特別必要な場所ではないのかもしれない。

しかし、ということは。

と、理子はぎゅっと、机《つくえ》の下でこぶしをにぎる。

これからも、理子《りこ》が錯《さく》に会うためには、理子が錯の部屋《へや》へ出向くしかない。錯は、なんの約束もなしに、朝、学校へ行けば会える存在《そんざい》ではないのだ。

一学期は、錯の事情《じじょう》をよく理解《りかい》していなかったために、「学校に来なさい」と言うことを目的に、理子は錯のもとを定期的に訪《おとず》れていた。夏休み開始当初は、錯がまたフェイクニュースをまきちらす悪行に手を染《そ》めないよう、監視《かんし》のために錯に会いに行き、その後は、突然嵐《とつぜんあらし》を運んできた全《ぜん》への対応《たいおう》のために、鞠奈《まりな》とともに錯のもとへ通った。そして今回は、田中瑠卯《たなかるう》の謎《なぞ》を追うという理由で、二学期の定期訪問《ほうもん》を続けていたが……。

今やルーの奇行《きこう》はやみ、鞠奈もその後、ルーと連絡《れんらく》を取り合っているようすはない。となれば理子にはもう、錯のところへ通う理由がなかった。

思えば、小六の春に出会った時からこのシステムだった。

話題を持って訪《おとず》れるのはいつも理子の方で、錯はいつものらりくらり、ひょうひょうと理子をかわし、自分の話したい時に話したい話だけをする。それで助かった時もあったとはいえ、思い返してみれば、迷惑《めいわく》もじゅうぶんにこうむっている。

ならばそう、別に、用がないならないで、錯のところへなど、もう行かなければいい。

錯のところへ行くたびに、嫌味《いやみ》や皮肉を言われて気持ちをかき乱《みだ》され、ろくな気持ちにならないのだから、もう錯のところへなど、行かなければいいのだ。

理子が行かなければ、理子と錯が関わることはない。

理子さえ、行かなければ。

いつも、会いに行くのは自分ばかり。

と、その言葉が自分の中に浮《う》かぶやいなや、理子は首をふって、その言葉にまとわりついてきたすべての気持ちを、追いはらった。そして、ふっ、と強く息をはくと、人知れず小さく気合いを入れる。錯のことなど気にしている場合ではない。実は、理子もこのクラスに正直、まだなじみきれていなかった。鞠奈は別クラスで、鞠奈はクラスにも友人がいる。所属《しょぞく》している文芸部の先輩《せんぱい》の話もよくしていて、そのほか読書という共通の趣味《しゅみ》で広がる交友関係もあり、小説のための取材目的で、ルーの時のように自分から人に関わっていく積極性《せっきょくせい》すら、今の鞠奈にはそなわっている。

一方理子には、これといった趣味《しゅみ》はなく、小学生の時ほど優等生《ゆうとうせい》キャラを確立《かくりつ》しているわけではないわりに、強すぎる正義感《せいぎかん》を止められず暴走《ぼうそう》してしまうくせはいまだに残っている。クラスに話せる人がいないわけではないものの、ちょっとした事件《じけん》が起きてもくずれないような、盤石《ばんじゃく》な人間関係が築《きず》けているとは正直言えなかった。鞠奈《まりな》がこのまま交友関係を広げ、充実《じゅうじつ》した学校生活を送るようになれば、鞠奈から理子《りこ》への連絡《れんらく》も減《へ》っていくかもしれない。

昔は、鞠奈の方が私《わたし》についてきてばかりいたのに。と、そんなふうにこの変化に不満を感じてしまうことは、あまりに身勝手である。そう、理子はきちんと理解《りかい》していた。

それで理子は、先ほどから自分の中に浮《う》かんでは消えていく、泡沫《うたかた》のような思いを見送ると、「放課後の、文化祭用の看板《かんばん》づくりでは、積極的にまわりに声をかけよう」という気持ちだけをしっかりとひろって、数分後にせまった授業《じゅぎょう》にそなえた。

しかし、理子がその決断《けつだん》を胸《むね》に自分のことに専念《せんねん》し、一週間ほどが経《た》ったある日。

「理子」

終礼が終わり、教室で帰り支度《じたく》していた理子は、急にうしろから、ぐっと肩《かた》をつかまれ、ひっ、と悲鳴をあげそうになった。しかし、反射的《はんしゃてき》にふりかえった瞬間《しゅんかん》、理子のおどろきは、思いがけない方向へ跳《は》ねる。

「錯《さく》？」

そこにはなんと、制服姿《せいふくすがた》の錯がいた。今日《きょう》も朝から欠席だったはずだが、今、来たのだろうか。授業《じゅぎょう》も終わったこの時間に？

と、理子の頭には瞬時《しゅんじ》にいくつものはてなマークが浮《う》かんだが、その疑問《ぎもん》を問いかけるには、錯の表情《ひょうじょう》はあまりに切羽つまっていて、事実、錯は、理子の視線《しせん》をつかまえるやいなや、あせったようすでたずねた。

「田中《たなか》くん、どこ？」

「え？」

「田中くん。田中瑠卯《るう》。どこのクラス？」

「え？　ちょ、なに、どうしたの？　三組だけど……」

「案内して。顔わかるかどうか自信ない」

「え？　待ってよ、なんなの？　説明してよ」

「ごめん、説明してる時間ない。早く。田中くん、帰っちゃう前につかまえたい」

ちっとも状況《じょうきょう》が理解《りかい》できなかったが、錯のいきおいに気おされ、理子はわけがわからないまま、廊下《ろうか》へ出て三組に向かおうとする。

するとそこへ、また思わぬ方向から声がかかった。

「錯《さく》くん！　こっち！」

ふりかえると、そこには鞠奈《まりな》がいて、鞠奈の横には錯の探《さが》し人であるルーが、リュックを背負《せお》い、いかにも下校仕様ですという姿《すがた》で、きょとんとして立っていた。それで一瞬《いっしゅん》ほっとした顔をした錯がルーに近づくと、ルーはどこか不安そうに、鞠奈を見る。

「えっと、鞠奈ちゃん、この方は……？」

しかしたずねられた鞠奈の方は、なんと答えればいいのかわからないようすで、助けを求めるように錯を見る。すると錯は、ルーの前で足を止めると、低い声でたずねた。

「おまえ、パンダマウス、どうした？」

「は？」

錯の、決して好意的とは言えない声調を受けて、ルーの顔がくもる。

それで理子《りこ》は、あわてて錯の腕《うで》をつかんだ。

「ちょっと、錯。なに言ってんの、いきなり」

しかし、錯は理子を見ようともせず、ルーにするどい視線《しせん》を向けたまま続ける。

「無事？　なあ、今から、おまえんち行っていい？　俺《おれ》にも見せてよ、丑寅《うしとら》」

その挑《いど》むような視線《しせん》と、理子も初めて見る、真正面から相手に向き合おうとする錯の姿《すがた》に、理子は思わずおどろいてしまう。しかし一拍《ぱく》おいて、錯の言葉の意味を理解《りかい》すると、錯の腕《うで》をにぎった手に、もう一度力をこめた。

「錯、いきなりすぎるでしょ。ちゃんと説明して」

それでもルーから視線《しせん》をそらさない錯に、最初こそ理子と同じようにとまどい、言葉を探《さが》しあぐねているようすだったルーは、なにかを悟《さと》ったようにうなずき、錯と同じくらいトーンを落とした声で言った。

「……いいよ。ついてきて」

それで理子は、そのまま無言で歩き出したルーに、鞠奈と錯とともに続き、昇降口《しょうこうぐち》であわてて靴《くつ》をはきかえる。もちろんその間に理子は、今のこの状況《じょうきょう》説明を再度《さいど》錯に求めようとしたが、錯の横顔があまりにけわしかったため、結局、全員が沈黙《ちんもく》をつらぬくしかなかった。

しかし、このまま無言で理子《りこ》たちを家まで引きつれていくと思われたルーの足は、校舎《こうしゃ》を出てしばらくしたところで、ぴたりと止まる。そして校門へ向かっていく下校集団《しゅうだん》の列からはずれ、グラウンドへ向かう部活集団《しゅうだん》からもある程度距離《ていどきょり》をおいた場所で立ち止まると、理子たちにふりかえった。

「やっぱり、今日《きょう》は無理だ。君に丑寅《うしとら》は見せられない」

と、ルーは錯《さく》を見すえて、はっきりとそう口にする。錯は、まゆをひそめた。

「なんで？」

「そっちこそ、なんで？　ていうか、誰《だれ》？　鞠奈《まりな》ちゃんの友だち？　廊下《ろうか》じゃ目立つからとりあえず場所変えたけど、俺《おれ》もさすがに初めましての人、家にあげられないよ。しかも別に、丑寅のファンってわけじゃなさそうだし」

「確《たし》かにファンじゃない。でも、丑寅に危険《きけん》がせまってるなら見すごせない」

「危険《きけん》？」

けげんになったルーの表情《ひょうじょう》に、錯は一瞬《いっしゅん》まよったあとに、ぐっとこぶしをにぎりこんで続ける。

「……パンダマウス、餓死《がし》、期間、寿命《じゅみょう》、転落死、高さ」

すると、その物騒《ぶっそう》なワードの羅列《られつ》を受けて、ルーがおどろくほど目を見ひらく。

錯はそんなルーの反応《はんのう》を、じっと見つめている。そんな錯の視線《しせん》を受けて、ルーの目はゆっくりと元にもどり、同時にルーの目の奥《おく》の光がすっと消えた。

「……そういうこと？　あのチャットＡＩ《エーアイ》と俺《おれ》の会話、のぞいた？　おまえが、鞠奈ちゃんにあのチャットＡＩ《エーアイ》のリンク、送らせたやつ？」

「そう。こんなふうに名乗り出るつもりはなかった。でも、おまえが昨日《きのう》の夜、チャットＡＩ《エーアイ》に打ちこんだ内容《ないよう》から考えて、おまえがパンダマウスに危害《きがい》を加えようとしている可《か》能性《のうせい》に思いいたった。手遅《ておく》れになる前に救《すく》いたい」

「そんなことしない」

「じゃあ、なんで昨日《きのう》、チャットに返事しなかった？　『パンダマウスはかよわい動物です。ちょっとした高さから落ちてもケガをし、餌《えさ》を取り上げたり、過度《かど》なストレスを与《あた》えたりするとすぐに衰弱《すいじゃく》して命を落とす危険性《きけんせい》があります。パンダマウスの世話について、おこまりですか？　さらにご質問《しつもん》をいただければ、お手伝《てつだ》いいたします』。この問いかけに、おまえは返事をしなかった」

「あのＡＩ《エーアイ》が嘘《うそ》つきだったからだよ。ほかのサイトで調べたら、パンダマウスみたいな小さな動物は、重力の影響《えいきょう》を受けにくいから高層《こうそう》ビルから落ちても、やわらかいところに着地すれば致命傷《ちめいしょう》を避《さ》けられる可能性《かのうせい》が高いって書いてあった。そもそもＡＩ《エーアイ》相手に返事するしないもないだろ。質問《しつもん》の答えを得《え》られたから、それ以上会話は続けなかった。てか、守秘義務《しゅひぎむ》は？　なんで俺《おれ》の会話の内容《ないよう》、おまえが知ってんの？」

ルーの声も言葉も、いつになく攻撃的《こうげきてき》になっている。

しかし錯《さく》は、ルーの言葉にゆっくりと首をふった。

「利用規約《きやく》に、書いたよ。『サービス向上のため、システム管理者が会話を参照する場合があります』、『機密保護《きみつほご》のため、会話の内容《ないよう》にはお気をつけください』、『システムは、時にまちがった情報《じょうほう》や偏《かたよ》った内容《ないよう》を提供《ていきょう》する可能性《かのうせい》があることにご留意《りゅうい》ください』。利用をはじめる前に、おまえもぜんぶのチェックボックスにチェック入れて同意したろ」

するど、ルーがぐっ、とつまる。

「そんなん、ちゃんと読むやつなんていないだろ。てか、だとしても、こうやって本人に直談判《じかだんぱん》しにくんのはやりすぎだ」

「命のために、やりすぎなんてない」

「なんだよ、命って」

「だからパンダマウスだよ。なあ、まさか殺《ころ》してないよな。なに？　理子《りこ》と鞠奈《まりな》ちゃんに見せて満足したら、飼《か》うのめんどくさくなった？　それとも……」

「ちがう。俺《おれ》はアンドロイドだ。めんどうなんて感情《かんじょう》は持たない」

「アンドロイドだからこそ、同情《どうじょう》せずに機械的に殺《ころ》せるかもしれない。殺《ころ》す方が合理的だと判断《はんだん》すれば、ためらいなく実行できる」

「できない。最近のＡＩ《エーアイ》は、暴力的《ぼうりょくてき》なプログラムには規制《きせい》がかかってる。暴力的《ぼうりょくてき》なオーダーが入力されれば、開発元に報告《ほうこく》がいって、強制停止《きょうせいていし》させられる」

「開発元が停止《ていし》しなければ？　暴力《ぼうりょく》は、誰《だれ》にとっての暴力《ぼうりょく》かによって、いくらでも正義《せいぎ》におきかえられる。ネズミについた病原菌《びょうげんきん》が人間に伝染《でんせん》するなら？　ネズミが家具をかじって人間の生活をおびやかすなら？　子どもが勝手に飼《か》いはじめたネズミに気がついた親がキレて、子どもへの虐待《ぎゃくたい》が加速したら？」

ハイスピードで紡《つむ》がれた錯《さく》のするどい言葉が、刀のようにルーの喉《のど》もとにせまって、ルーの動きを止める。うすくふるえた声が、ルーの口からもれた。

「……なあ、おまえが盗《ぬす》み見《み》た俺《おれ》の会話って、昨日《きのう》のだけ？　まさか……」

ルーの顔から血の気が引いていく。顔がまっしろになって、かたくなった。

錯の顔も、かたかった。緊張《きんちょう》が顔中にはりめぐらされて、筋肉《きんにく》が硬直《こうちょく》している。

そして、錯が答えないことが、答えになる。

ルーがにぎったこぶしがぶるぶるとふるえはじめ、そのふるえはネズミのようにルーの腕《うで》をかけ上がり、くちびるまでをもわなわなとふるわせた。

「ふざけんなよ。なに考えてんだよ。そんなの、プライバシーの侵害《しんがい》だろ。訴《うった》えるぞ」

声まで激《はげ》しくゆれて裏返《うらがえ》ったルーを、錯は悲しそうな瞳《ひとみ》で見つめる。

「いいよ。訴《うった》えろよ。願ったり叶《かな》ったりだ」

「は？」

「おまえが会話に入力した内容《ないよう》、ぜんぶ、警察《けいさつ》に持ちこめばいい。きっと、じゅうぶん、証拠《しょうこ》になるよ。おまえの親の、おまえへの虐待行為《ぎゃくたいこうい》の」

ルーの顔がこわばり、そして一気に紅潮《こうちょう》する。恥《はじ》なのか怒《いか》りなのか、おそらく本人にも名づけられていない感情《かんじょう》が、表情《ひょうじょう》に複雑《ふくざつ》にからまった。

理子《りこ》も、目を見ひらく。錯に、いったいなんの話をしているのか問いかけたかったが、錯への負担《ふたん》を考えると、今は、複数人《ふくすうにん》での会話は避《さ》けるべきだと思った。それに、先ほどからふたりをうすくつないでいる細い細い緊張《きんちょう》の糸を、切ってはいけないとも思った。それは、誰《だれ》かの命綱《いのちづな》になっているような、そんな気が、した。

しかし、てっきり怒鳴《どな》り声《ごえ》に変わると思ったルーの感情《かんじょう》は、その糸にはふれず、ぐっと、ルーの中にのみこまれた。

「なんの話だよ。俺《おれ》の親？　俺《おれ》のホストマザーのことを言ってるんだったら、そりゃそうだよ。俺《おれ》はアンドロイドだ。どんなあつかいをされても、問題はない」

すっと、とびらを閉《と》ざしてしまったかのように、ルーの声は静かに、平坦《へいたん》になる。錯は、とびらの奥《おく》へ逃《に》げこんでしまったルーを、見失わないようにしているかのように、ルーから一度も視線《しせん》をそらさなかった。

「いや、田中瑠卯《たなかるう》は人間だよ」

と、錯《さく》はルーをまっすぐに見つめたまま、言った。ルーは、返事をしない。

「十二月から四月が開発期間だから、瑠璃《るり》と卯月《うづき》で瑠卯《るう》？　でも俺《おれ》の送ったチャットAI《エーアイ》の登録情報《じょうほう》じゃ、おまえの生年月日、十月になってたよ。十二月でも四月でもなかった」

「そんなのでたらめだよ。あやしげなサービスに本当の個人情報《こじんじょうほう》なんて登録しない」

「AI《エーアイ》は嘘《うそ》をつかない。理子《りこ》とさんざん話したんだろ」

「でも、まちがえる。おまえのチャットAI《エーアイ》だってまちがえてたろ。ネズミは、高いところから落ちても、人間ほどかんたんには死なない」

するとと錯は、ルーの言葉に苦しげな表情《ひょうじょう》を浮《う》かべて、おしだまる。

舌戦《ぜっせん》で、錯がこんな表情《ひょうじょう》を浮《う》かべることはめずらしかった。

錯は、ふりしぼったような声で、続ける。

「……あれは嘘《うそ》だ」

するとルーは、ふっ、と、勝ちほこったように鼻で笑った。

「じゃあ、俺《おれ》のも嘘《うそ》だよ。俺《おれ》が入力した会話の内容《ないよう》も、ぜんぶ嘘《うそ》だ。ライバルになりうるチャットAI《エーアイ》に、嘘情報《うそじょうほう》をたくさん読みこませて攪乱《かくらん》しようとした」

高速で言葉をくり出すルーに対し、錯はゆっくりと言葉を選んでいる。いつもならば、論破《ろんぱ》することを優先《ゆうせん》して倫理観《りんりかん》をふみぬいていく錯が、今日《きょう》はなにかに警戒《けいかい》している。なにかを傷《きず》つけまいと、気をつけている。

なに、を？

錯をただ見つめることしかできない理子の視線《しせん》の先で、錯はもう一度くりかえした。

「いや、おまえは人間だ」

ルーは手をあげて、あきれる。

「なんなんだよ、さっきから言ってること、おかしいだろ。おまえのＡＩ《エーアイ》は嘘《うそ》をついた。だから俺《おれ》も嘘《うそ》をつける。嘘《うそ》は、俺《おれ》が人間である証明《しょうめい》にはならない」

「俺《おれ》のＡＩ《エーアイ》は嘘《うそ》をついてない」

理子でも錯の論理《ろんり》が崩壊《ほうかい》していることがわかるというのに、錯は苦しげな表情《ひょうじょう》を浮《う》かべたまま、どうにも煮《に》えきらない。ルーも、突然現《とつぜんあらわ》れた錯のあまりのはちゃめちゃさに、話にならないとでもいうように、とうとう背《せ》を向けようとした。

だから、なのだろう。

錯《さく》はそこで、なにかを決意するようにのどの奥《おく》にぐっと力をこめると、しっかりと息を吸《す》ったあと、強い声で言った。

「というより、そもそも、おまえとずっと会話してたのはAI《エーアイ》じゃない」

それは、この場から決して逃《に》げ出《だ》さないという、意思の力がこもった声だった。

その声で、ルーがかたまる。かたまったルーは、この場にとどまらざるを得《え》なくなる。

そのすきを逃《のが》さず、錯は言った。

「俺《おれ》だよ」

その言葉は、ルーをここまでなんとか支《ささ》えていた土台を、爆破《ばくは》してしまったのかもしれない。錯の声がルーに届《とど》いた瞬間《しゅんかん》、ふるえが、ルーのすべてにもどった。指先から髪《かみ》の先まで、そのすべてが、まるで小動物のように小刻《こきざ》みにふるえはじめる。

錯は、そのふるえを見つめて、言った。

「開発中のチャットAI《エーアイ》だなんて、嘘《うそ》だ。あれ、返信してたのぜんぶ俺《おれ》だよ。メッセージアプリといっしょで、リアルタイムで俺《おれ》が返信打ってただけ。俺《おれ》がすぐに打てない時は、『サーバーが混《こ》み合《あ》っています。あとでアクセスしてください』って出るようにしておいた。どっちにしろ、おまえはスマホ、夜、家でしか使えないだろ。たぶん、親が放置した古い型《かた》のやつをWi-Fi《ワイファイ》につないで、こっそり使ってる。だから俺《おれ》も、おまえから連絡《れんらく》が来る時間を予測《よそく》しやすくて、いつもすぐに返事できた」

するとと、その言葉をきっかけに、ルーを支《ささ》えていたものが、一気にくずれ落ちた。

「……なんだよ。なんなんだよ！　ふざけんな。俺《おれ》はAI《エーアイ》だと思ってたから、話したんだ。AI《エーアイ》だったから、ぜんぶ話せた。人間からの同情《どうじょう》もおせっかいも、まっぴらだったから、だから……！　ふざけんな。ふざけんなよ」

ルーの爆発《ばくはつ》したような感情《かんじょう》は、言葉をそこら中に飛び散らし、その爆風《ばくふう》に乗って、ルーの両手が錯の胸《むね》を強く押《お》した。そして、バランスをくずした錯に、ルーがさらにつめよろうとしたその時。

「ちがうの、ルーくん！」

と、ルーの腕《うで》をがっしりとつかんだのは、鞠奈《まりな》だった。

これまで静観していた鞠奈に急に動きを止められて、ルーはさびついたロボットのように、ぎこちなく首を動かし、鞠奈を見やる。鞠奈の目には涙《なみだ》が浮《う》かんでいて、鞠奈はその涙《なみだ》を必死に瞳《ひとみ》のうちにとどめながら、ルーを見上げて声をふるわせた。

「ごめん。ごめんなさい、私《わたし》が頼《たの》んだの」

「……鞠奈《まりな》、ちゃんが？」

「この間、丑寅《うしとら》ちゃんを見にいかせてもらった時、家の中を見て、もしかしたらって思ったの。お母《かあ》さんの派手《はで》な靴《くつ》だけがならんでる玄関《げんかん》、家事に興味《きょうみ》がなさそうなリビング。流し台がきれいだったのは、外食か、お惣菜《そうざい》を買ってくることが多いからで、家でごはんをあんまり食べないから、食器がなくて私《わたし》たちにお茶を出せなかった。帰りがけにちらっとのぞいちゃったけど、ルーくんが私《わたし》たちを行かせなかった洗面所《せんめんじょ》は、化粧品《けしょうひん》とか髪《かみ》用のコテとかであふれていっぱいだった。ルーくんの部屋《へや》はダンボール箱だらけで、ルーくんの部屋《へや》っていうよりお母《かあ》さんの荷物おき場みたいだった。家中が香水《こうすい》の甘《あま》い匂《にお》いでいっぱいで、ルーくんの家なのに、ルーくんの存在感《そんざいかん》がちっともない。ルーくんの家は、一人暮《ひとりぐ》らしの女の人の家みたいだった」

理子《りこ》は、静かにはっと息をのむ。鞠奈がならべたルーの家の特徴《とくちょう》には、理子も気がついていた。しかし、ルーのアンドロイドの皮をはがすことばかりに気を取られて、違和感《いわかん》を、アンドロイドをよそおうための偽装《ぎそう》工作の方向へしかとらえられていなかった。

あの時、あの帰り道、だから鞠奈は、「ルーくんって、アンドロイドじゃないのかもしれない」とつぶやいたのか。その言葉の真意に、理子は今さら気がついて、がく然とする。

鞠奈はさらに続けた。

「もちろん、ただの勘違《かんちが》いかもしれないって思ったんだけど、考えはじめたら、いろんなことに合点《がてん》がいったの。ルーくんがいつも給食をいっぱい食べて、あまったパンまで持って帰るのは、家でごはんが食べられてないからなのかもしれない。ルーくんがアンドロイドだって言った時、冗談《じょうだん》でかわして服を脱《ぬ》がされないようにしたのは、服の下にあざか傷《きず》跡《あと》があるか、栄養失調でやせすぎてる体を隠《かく》すためだったのかもしれない。ルーくんの肌《はだ》が荒《あ》れ気味《ぎみ》なのも、ごはんが食べられてないからなのかもしれない。でも、ぜんぶ『かもしれない』で、私《わたし》の考えすぎかもしれなかったから、先生とか誰《だれ》かに相談して、大ごとにしていいことなのかわからなかった。ルーくんに直接《ちょくせつ》聞いていいことなのかもわからなかった。でも、ルーくんがもし苦しい状況《じょうきょう》にいたらどうしようと思って、それで錯《さく》くんにだけ、相談しちゃったの。錯《さく》くんは、今は家族とはいっしょに暮《く》らさないって選択《せんたく》をしてるから、もしかしたらルーくんの助けになるようなことを知ってるかもしれないと思って」

錯は、嘘《うそ》吹《ふ》きの意義《いぎ》や修行《しゅぎょう》の必要性《ひつようせい》をめぐって、実の親との関係がうまくいっておらず、今は原田《はらだ》先生の家に居候《いそうろう》をしている。それはもちろん、原田先生という大人《おとな》の介入《かいにゅう》もあって実現《じつげん》できた生活ではあるものの、錯が自分で動いたことがきっかけで手にできたものでもあり、鞠奈《まりな》も、錯のその事情《じじょう》を知っていたのだろう。

ただ理子《りこ》は、鞠奈が錯とそんなやりとりをしていたことを、つゆほども知らなかった。

鞠奈は必死のようすで続ける。

「そしたら錯くんが、あのサイト、つくってくれたの。行政《ぎょうせい》に相談するにしても、なにか証拠《しょうこ》があった方が早く動いてくれるかもしれないからって。だから本当は、こんなふうにルーくんのこと傷《きず》つけるつもりなんてなかった。ある程度《ていど》、証拠《しょうこ》になる情報《じょうほう》が集まったら、匿名《とくめい》で信頼《しんらい》できる機関に連絡《れんらく》して、あとはそこに任《まか》せるはずだったの。チャットAI《エーアイ》のことは、言わないつもりだった。まさか、こんなことになるとは思わなくて……。だから、ごめん。私《わたし》、なの」

自分の持つすべての種明かしをし終えて、鞠奈の声がすぼまっていく。ルーは、そんな鞠奈を、早送りでしおれていく花を見ているかのような暗い瞳《ひとみ》で見て、言った。

「……鞠奈ちゃんも、俺《おれ》の会話、盗《ぬす》み見《み》てたの？」

その問いに、鞠奈は音が鳴りそうなくらい、いきおいよく首を左右にふる。

「見てない。知らない」

「そっか。よかった。……鞠奈ちゃん。今まで俺《おれ》のこと、アンドロイドだって信じてるふりしてくれて、ありがとう」

「ルーくん、それは……」

錯に怒《いか》りをぶつけた時とはちがう、静かでたんたんとしたルーの言葉に、鞠奈の方が深く傷《きず》ついた顔をする。しかし、その傷《きず》に負けてはいけないと、責任感《せきにんかん》が鞠奈のせなかを支《ささ》えたらしい。鞠奈は、そこであとずさらなかった。

「ルーくんが、アンドロイドだってみんなに宣言《せんげん》したのも、私《わたし》たちを家に入れたのも、ルーくんのSOS《エスオーエス》なのかもしれないって思ったの。気づいてほしかったのかもって。……ちがった？」

するとルーは、すっと、完璧《かんぺき》に口角を上げて、完璧《かんぺき》に目をほそめ、完璧《かんぺき》に首をかしげてほほえんだ。

「ううん、ちがうよ。アンドロイドだって言わないと、みんながＡＩ《エーアイ》に依存《いぞん》しちゃって危《あぶ》ないから言ったんだ。鞠奈《まりな》ちゃんたちを家につれていったのは、鞠奈ちゃんのパンダマウスを見たいっていう希望を叶《かな》えたかったからだし、家があんな感じなのは、俺《おれ》が一人暮《ひとりぐ》らしの女の人の家に居候《いそうろう》しているアンドロイドだからだよ」

と、ルーは完璧《かんぺき》なアンドロイド・スマイルで、一息にそう言った。

そして、その同じ完璧《かんぺき》さで、同じように錯《さく》を見やる。

「そうか、君は人間だったのか。じゃあ、あの時の君の言葉は、ぜんぶ嘘《うそ》だね。理子《りこ》ちゃんのデータによると人間は嘘《うそ》つきらしいし、そもそもあれは、俺《おれ》をだますためにＡＩ《エーアイ》のふりをして出てきた言葉だったわけだし。俺《おれ》のＡＩ《エーアイ》のデータに嘘《うそ》が入ってると、そのデータを引用する俺《おれ》の言葉も嘘《うそ》になる可能性《かのうせい》があるから、君との会話のデータは、ぜんぶ消去しておく。次会う時は、初めましてって言うかもしれないけど、ごめんね」

ごめんね、と、言ったルーのその言葉はいつになく冷たく響《ひび》き、心がこもっているようには到底《とうてい》感じられない。錯は、めずらしく余裕《よゆう》のないようすで、立ち去ろうとしているルーを引き止めた。

「ルー。ちがう。嘘《うそ》じゃない」

「信じられないよ。君はAI《エーアイ》じゃなくて、人間なんだから」

そして、ルーはそのまま、足を止めることなく、錯に、そして鞠奈と理子に、背《せ》を向ける。校門に向かって下校する人々の列に入ったルーは、一度もふりかえることなく校門の外へ向かい、そして……。

次の日から、学校へ来なくなった。

5

私《わたし》インストール

錯《さく》が、落ちこんだ。

ルーとの対峙《たいじ》から三日が経《た》った日の放課後。

理子《りこ》と鞠奈《まりな》が錯の部屋《へや》を訪《おとず》れると、錯はめずらしくなんの作業もせず、ベッドの上で布《ふ》団《とん》を頭までかぶってまるくなっていた。久《ひさ》しぶりに登校をしたことが負担《ふたん》となり、また高熱で寝《ね》こんでしまったのかと心配したが、実里《みのり》さんに確認《かくにん》したところ、そうではないようで、錯がこうして殻《から》に閉《と》じこもっている理由は、錯の特異《とくい》な体質《たいしつ》にではなく、より人間らしい心の部分にあるようだった。

要は、錯はひどく落ちこんでいた。

それは、理子が初めて見る錯の姿《すがた》だった。

あのあと錯は、ルーが去った先をいつまでもほうけたように見つめて、立ちつくした。

そして鞠奈は、ルーの前では泣くまいと無理をしたつけがまわったのか、ぽろぽろと、本人の意思とは関係のないいきおいで大量の涙《なみだ》を流した。そのふたりの間で、いちばん状況《じょうきょう》を把握《はあく》できていなかったがゆえにいちばん冷静でいられた理子は、とりあえず、鞠奈を家へ帰し、いつ倒《たお》れるともしれない錯を原田《はらだ》先生宅《たく》まで送った。ふたりがあまりに絶望的《ぜつぼうてき》な顔をしていたため、その日はそれ以上、理子からふたりに説明は求めなかった。

しかし次の日、登校すると、錯はもちろんのこと、まさかのルーまで学校に来ていなかった。その次の日もさらにまた次の日も、ルーは登校してこなかった。事情《じじょう》を知らない同級生たちは、風邪《かぜ》かなにかだろうと、ルーの数日の欠席をあまり気に留《と》めていなかったが、鞠奈は気が気でなかったようで、ルーの欠席が三日目となった日の朝、鞠奈の口から久《ひさ》しぶりに、このセリフが出た。

「どうしよう、理子ちゃん」

聞《き》き慣《な》れているはずの鞠奈のそのうなだれた声が、今回ばかりは理子の心をざらっとなでたが、ことがことだけに、理子は先日からずっと自分の中にうずまいている感情《かんじょう》に名前をつけることを今はやめて、つとめて冷静に言った。

「今日《きょう》、あとで錯《さく》のところ行こう。一度、ぜんぶ整理しよう」

それでその言葉どおり、学校帰りに錯のもとを訪《おとず》れたところ、錯が自室でまるくなっていたのであった。そして、あまつさえ、いつもであれば、理子《りこ》がやってきたところで、素《そ》知《し》らぬ顔で自分のやりたいことを続けている錯が、今日《きょう》は理子たちが部屋《へや》に足をふみ入れてからしばらくすると、布団《ふとん》の中から、まさかの言葉を口にした。

「どうしよう、理子。今回の嘘《うそ》は、アウトだったかもしれない」

どうしよう、だなんて、錯に言われたのは初めてだった。

それで、理子はため息をつく。

鞠奈《まりな》にしろ錯にしろ、どうしようは、こっちのセリフだ、と、そう思った。

「ちょっと、まずは一回、順を追って整理させて。私《わたし》、結局、今回のこと、まだなにも理《り》解《かい》できてないの」

理子はそう言って、どすんと床《ゆか》に腰《こし》をおろす。

鞠奈もそのとなりに、おずおずとすわった。

錯は、布団《ふとん》から出てこない。

それで理子は、鞠奈から事情聴取《じじょうちょうしゅ》をはじめた。

「まず、鞠奈は興味本位《きょうみ》で田中瑠卯《たなかるう》にコンタクトをとりはじめた。そこは本当ね？　最初から田中瑠卯の家の事情《じじょう》を知っていたわけじゃなかった」

理子の言葉に、鞠奈はうなだれたようすのまま、こくりとうなずく。

それで理子はさらに続けた。

「じゃあ、田中瑠卯の家について違和感《いわかん》を持ったのは、あの、家に行った日？」

「うん。帰り道に、理子ちゃんも同じように感じたかどうか聞いてみようかとも思ったんだけど、私《わたし》の勝手な妄想《もうそう》かもしれないと思ったし、あの日、理子ちゃんが、ルーくんの成績《せいせき》がそんなによくないこと、私《わたし》から聞いたってルーくんに言った時、私《わたし》、ちょっと反省したの。ついおもしろがって、ルーくんが私《わたし》にしか言ってないこと、理子ちゃんに話しすぎちゃったかなって……。それで、あの場では理子ちゃんに言わなかった」

「でも、錯には言った？」

「……うん。その理由は、ルーくんに伝えたとおり。錯くんなら、いろいろ技術《ぎじゅつ》を使って、冷静に裏《うら》から対処《たいしょ》してくれるかもしれないって思ったし、ルーくんと通じ合える部分もあるかもしれないと思って、ルーくんちに行った日の夜、錯《さく》くんに連絡《れんらく》したの。そしたら錯くん、ルーくんちでの会話、なるべく正確《せいかく》に教えてって。実は錯くんも、これまでの理子《りこ》ちゃんの話から、少しそんな予感がしてたんだって。だから私《わたし》、その日のうちに、あの日のルーくんちでの私《わたし》たちの会話を書き起こして、錯くんに送ったの」

いろいろな技術《ぎじゅつ》、冷静、という理子のコンプレックスを刺激《しげき》するワードに心をみだされかけていた理子は、続いた情報《じょうほう》に、どっと落ちこみそうになる。

そうか、理子が錯にルーの家でのことを報告《ほうこく》しに行った時にはもう、錯はすべて鞠奈《まりな》から聞いていたのか。その上で、鞠奈の話を受けて急遽《きゅうきょ》つくっていたあの偽《にせ》のチャットＡＩ《エーアイ》のリンクを、しれっと理子にわたしたのか。思えば錯が学校に来たあの日も、理子が錯をルーのもとへ案内する前に、鞠奈がルーをつかまえていた。それは、錯が先に鞠奈に連絡《れんらく》をしていたからにちがいない。鞠奈にルーの確保《かくほ》を頼《たの》み、しかし鞠奈から連絡《れんらく》がないうちに学校についてしまったがゆえに、学校に慣《な》れていない錯は、自分のクラスしか勝手がわからず、理子に行きついた。理子はずっと蚊帳《かや》の外で、今回のことについては、たまたま居合《いあ》わせただけの存在《そんざい》だったのだ。

しかし、今は自分の感情《かんじょう》を優先《ゆうせん》すべきではない。

理子は、鞠奈の話にうなずくと、冷静をよそおった声で続ける。

「それで錯はそこから、証拠《しょうこ》集めのために偽《にせ》チャットＡＩ《エーアイ》をつくって、田中瑠卯《たなかるう》と会話をはじめたのね？　で、実際《じっさい》に証拠《しょうこ》になりそうな言質《げんち》がとれて、本来はそれをしかるべき機関に送って、通報《つうほう》する予定だったけど、その前に丑寅《うしとら》の命が危《あや》ぶまれたから強行突破《とっぱ》したところ、田中瑠卯に目論《もくろ》みがバレてキレられた、と。……待って、結局、丑寅は大丈夫《だいじょうぶ》なの？」

するとそこでやっと、布団《ふとん》の中から錯の声がもれ出る。

「……わからない。でも、この間のルーの感じからすると、俺《おれ》の早とちりだったのかもしれない。この前、理子とペットロボットのこと話して、昔の、プードルの世話をしないで放置した人のこと思い出してたから、それで先入観が働いた。だからルーから、『パンダマウスは、どのくらい餌《えさ》を食べずに生きられますか』とか、『パンダマウスはどのくらいの高さから落ちたら死にますか』って送られてきた時、とっさにルーが、丑寅を虐待《ぎゃくたい》しようとしてるんだと思ったんだ。もしルーが、丑寅に自分を投影《とうえい》しているとしたらなおさら、自分がされていることを丑寅《うしとら》にもするんじゃないかって思いこんだ。そんなことするやつじゃないってわかってたはずなのに」

そこで錯《さく》の声が止まる。それで理子《りこ》は、いくぶんかまよったあとに、たずねた。

「田中瑠卯《たなかるう》が、虐待《ぎゃくたい》されてることは確《たし》かなの？　丑寅のこと以外に、あんたはあいつとどういう話をしたの？」

すると布団《ふとん》からは、思ったよりもするどいいきおいで、一言が返ってきた。

「それは言えない」

それは、今、布団《ふとん》の中でまるくなるほどに弱っているとは思えない、とても強い、はっきりとした意思がこもった錯の声だった。

それで理子は、「なんでよ」と、思わず少しムッとしてしまう。せっかくいっしょに解《かい》決策《けつさく》を考えようとしている中で、錯のその態度《たいど》はとても非協力的《ひきょうりょくてき》に思えた。しかし、理子のその少し非難《ひなん》めいた声に、錯はかぶっていた布団《ふとん》をぎゅっと引きよせ、さらに自分の殻《から》にこもりきる。

「守秘義務《しゅひぎむ》があるから」

それで理子は口ごもる。命に関わる情報《じょうほう》の真偽《しんぎ》はいつも繊細《せんさい》で難《むずか》しい。と、脳《のう》にずしりとした重みを感じた。常《つね》に前のめりで命を守る判断《はんだん》を、と頭ではわかりつつも、今回のようなケースは、心をどう守ればいいかわからず、つい行動をためらってしまう。命と心がいつも同じ安全な場所にあればいいのに、そうあるべきなのに、たまにこうして別々のところへとはなれてしまうことがあるのは、なぜだろう。

理子は、そんな疑問《ぎもん》に強烈《きょうれつ》に頭の芯《しん》をにぎりつぶされながら、さんざんまよったすえに、錯にそれ以上、たずねることをやめた。これまで嘘《うそ》でたくさんのものを守ってきた錯が、弱っている今ですら、嘘《うそ》の少し手前にある「秘密《ひみつ》」という手段《しゅだん》で、必死にルーのなにかを守ろうとしている。錯のその気持ちを、少なくとも自分の好奇心《こうきしん》よりは優先《ゆうせん》しようと、そう思った。それで理子は大きく息を吸《す》って、うなずく。

「わかった。くわしくは聞かない。でも、私《わたし》はそもそもこういう命に関わるかもしれない問題を、自分たちだけでどうにかしようって思った判断《はんだん》が傲慢《ごうまん》だったと思う。私《わたし》にも身におぼえがあるし、えらそうなことは言えないけど、でも、私《わたし》たち、原田《はらだ》先生に言われたじゃない。人に迷惑《めいわく》をかけることも、時には大事だって。今からでも警察《けいさつ》に通報《つうほう》するか、原田先生に相談するのが最善策《さいぜんさく》だって、私《わたし》は思う。ここでうじうじしてても、田中瑠卯《たなかるう》と丑《うし》寅《とら》の安否《あんぴ》がよけいに心配になるだけ」

言いながら理子《りこ》は、自分の言葉に納得《なっとく》して立ち上がろうとする。

そうだ、なにを三日間も無駄《むだ》に過《す》ごしてしまったのだろう。

もっと早くに動くべきだった、と、そう思った。

しかし、その理子を、鞠奈《まりな》の自信なげな声が引き止める。

「それでいいのかな……」

不安げな鞠奈に、理子は思わず少しイラだった。

「だから、それを判断《はんだん》するのは私《わたし》たちじゃない。今の私《わたし》たちにできることは、気がついた情報《じょうほう》を大人《おとな》に届《とど》けること。それが最大限《さいだいげん》のできる仕事なの。前に全《ぜん》も言ってたでしょ。自分のプライドのためだけに背《せ》のびして、事件《じけん》をかかえこむのは悪策《あくさく》。本当に解決《かいけつ》したいなら、プロに頼《たよ》ることこそが、私《わたし》たちのすべきこと。むしろ今、足ぶみしていることこそ罪《つみ》だと思う。早く動かなきゃ」

理子は、ホワイトハッカーである全が以前言っていた言葉を思い出して、引用する。全は中高生のＳＮＳ《エスエヌエス》をパトロールし、炎上《えんじょう》しそうな案件《あんけん》やネット犯罪《はんざい》につながりそうな種を見つけると、下手《へた》に自分だけで解決《かいけつ》しようとせずに、いちばんスムーズに状況《じょうきょう》を打破《だは》できそうな大人《おとな》に情報《じょうほう》を届《とど》けることで、迅速《じんそく》に問題を終息させていた。「大人《おとな》に告《つ》げ口《ぐち》するだけなんてかっこ悪い」という発想こそが、子どもの証拠《しょうこ》なのだと。

今回のことも、それと同じ。自分たちだけで解決《かいけつ》しようともがいて最悪の事態《じたい》を招《まね》くより、早くしかるべき大人《おとな》に報告《ほうこく》をすべきで、幸い理子たちには、原田《はらだ》先生というとても信頼《しんらい》できる大人《おとな》がいる。

理子の判断《はんだん》に、鞠奈はゆっくりとうなずいた。

と、しかし、その時だった。

がばっと、錯《さく》が急に布団《ふとん》をふきとばすようにして起き上がり、理子と鞠奈はびくりとする。見れば錯は、なにか大切なことに気がついたかのように大きく目を見ひらいていて、その目をゆっくりと理子に向けると、言った。

「理子、待って。わかった。俺《おれ》の勘違《かんちが》いだったんだ」

「勘違《かんちが》い？」

「いや、理子《りこ》が言うとおり、通報《つうほう》はすべきだと思う。でも、ちょっとだけ待って。丑寅《うしとら》を助けなきゃ」

「丑寅？　でも、さっき、丑寅のことは、たぶん早とちりだったって……」

理子が話している間に、錯《さく》はベッドから飛《と》び降《お》り、急に自分のリュックに、あたりにちらかっていたモーターやセンサー、そしてブロックなどをつめこみはじめる。そして、それだけでは足《た》りないと判断《はんだん》したのか、もうほぼ完成しかけていた、錯がこの間からつくっていた等身大の人間サイズのブロック作品に、なぜか「ごめん」と声をかけると、そこからブロックをもぎとり、作品をこわしてまでリュックをブロックでぱんぱんにふくらませた。そして、最後にタブレット端末《たんまつ》を手にすると、そこで錯がぴたりと止まる。

「どうしよう、理子」

と、理子への詳細《しょうさい》説明は放棄《ほうき》したくせに、急にまたその言葉を口にして、理子を見た。寝《ね》癖《ぐせ》があちらこちらに跳《は》ねた髪《かみ》の毛《け》の下で、錯の瞳《ひとみ》がいつになく不安げにゆれている。

それで理子は、先ほどからまたおいてけぼりにされていることへのとまどいや怒《いか》りをかなぐり捨《す》てて、錯にゆっくりとたずねた。

「なにが？」

するとと錯は、片方《かたほう》の肩《かた》だけで背負《せお》ったリュックの肩紐《かたひも》をぎゅっとにぎって、言う。

「俺《おれ》、こわい」

「錯？」

「俺《おれ》、ルーと丑寅を助けに行きたいんだけど、ルー、俺《おれ》のこと、家に入れてくれるかな」

「……錯、今から、あいつの家に行くの？」

「そう。ルー、たぶん、ずっと、こまってたんだ。やっと、わかった。俺《おれ》、たぶん、助けられると思う。でも、ルーがそれを受け入れてくれるかどうかわからない。ルーが、『俺《おれ》』を受け入れてくれるかどうか、わからない。ルーはこまってても、差しのべられた手が俺《おれ》の手だってわかったら、助けさせてくれないかもしれない。理子、どうしよう。俺《おれ》、ルーに拒絶《きょぜつ》されるのがこわい。俺《おれ》、人にちゃんと嫌《きら》われたの、初めてなんだ」

それで理子は、一度大きく息をすい、止めた呼吸《こきゅう》の中で言葉を選んでから、ゆっくりと息をはいて、錯に告《つ》げる。

「あんたが今、なにをしようとしてるのか、私《わたし》には全然わからない。でも、とりあえず、今さらなに言ってんの？　あんたは基本《きほん》、引きこもりだけど、いつだって本当に動く必要がある時は、自分で動いてきたじゃない。原田《はらだ》先生に会うために家を飛び出して帰らなかったり、無茶《むちゃ》な転校をしたり、この間の夏だって、私《わたし》たちのことが心配で、ショッピングモールまで走って追いかけてきたでしょ？　全《ぜん》とのことがあった時だって、鞠奈《まりな》の家まで走っていこうとした。今回もそれでいいじゃない。田中瑠卯《たなかるう》の家なら私《わたし》たちが案内できるから、あんたはただ、いつもどおり走ればいい」

それでも錯《さく》は、自分でも制御《せいぎょ》できないところで体が凍《こお》りついてしまったかのように、とまどった表情《ひょうじょう》で、理子《りこ》に言葉を投げかけ続ける。まるで言葉を先に投げて、そこを足がかりにしようとしているかのように、言葉をはなった。理子がその言葉をフックにして、自分を引っぱり上げてくれることを信じているかのように、まっすぐに理子に言葉をわたした。

「今までは、わかってたんだ。なんだかんだ言っても、みんな、俺《おれ》のこと、受け入れてくれるって。理子も全も、口では俺《おれ》のこと嫌《きら》いって言っても、どれだけ怒《おこ》っても、どこかでそれが本当じゃないってわかってた。俺《おれ》の嘘吹《うそふ》きの能力《のうりょく》は、基本《きほん》文字とか写真にしか通用しないけど、もしかしたら、見えない言葉のゆらぎも、どこかで感じ取れてたのかもしれない。だから、まよわず走れた。でも、今回はちがう。ルーはちがう。俺《おれ》は、ルーとのコミュニケーションをまちがえた。ルーは、俺《おれ》のことを心底嫌《きら》っているかもしれなくて、それでも行けばいいって頭ではわかってても、足が動かない。誰《だれ》かを傷《きず》つけることとか、誰《だれ》かに嫌《きら》われることに、こんな力があるなんて知らなかった。俺《おれ》、もう一度、ルーにあの目で見られることがこわい。せなかを向けられるのがこわい。こわくて、動けない」

錯が、演技《えんぎ》ではなく本当におびえていることが、錯の手のふるえの質《しつ》から見てとれた。

そして、錯の言葉に理子は納得《なっとく》する。

錯がこれまでどんな人生を送ってきたのか、理子はそのすべてを把握《はあく》しているわけではない。ただ錯は、嘘吹《うそふ》きの修行《しゅぎょう》の関係で使う言葉を制限《せいげん》されてきたため、人より友人関係を築《きず》きにくい環境《かんきょう》を強《し》いられてきた。修行《しゅぎょう》のために、他人の言葉の観察は大量に積んできたと思われるが、錯自身に言葉や気持ちを直接《ちょくせつ》向けられた経験《けいけん》は、実はほとんどないのかもしれない。錯は、人との会話におけるささいな失敗も、小さな成功も、あまり経験《けいけん》せずにここまで来てしまった。だからこそ今、ルーとのやりとりの責任《せきにん》が大きくのしかかり、頭がフリーズしている。人に嫌悪《けんお》を向けられる場に飛《と》び込《こ》むことに、脳《のう》が危険《きけん》信号を出してしまった。

錯《さく》もきっと、どうでもいい相手に対してならば、こうはならない。しかし、おそらく錯は、理子《りこ》には言えなかったチャットAI《エーアイ》内でのルーとの会話で、ルーとなにかを育んでしまったにちがいない。錯はそれを大事にしたくて、しかし、全《ぜん》や理子ほど時間をかけて関係を育んできたわけではないために、どうすればよいかわからなくなっている。

好きな相手に嫌《きら》われることがとても悲しいことを、錯は今、急に実感してしまった。

錯はそれで、動けなくなっている。

走らなければ、いけないのに。

すると、鞠奈《まりな》は言った。

「錯くん、大丈夫《だいじょうぶ》だよ。私《わたし》が今から、ルーくんにメッセージを送って、錯くんがこれから行って、助けてくれるって伝える。それで、ルーくんから返事がきたら、それを錯くんが吹《ふ》けばいいんじゃないかな。ルーくんから『来ないで』とか『会いたくない』って返事が来たとして、本当にルーくんがそう思ってるかどうか、錯くんなら、嘘吹《うそふ》きでわかるでしよう？　文字がゆれたら、ルーくんの言葉は嘘《うそ》で、ルーくんは本当は錯くんを待ってるって確信《かくしん》できる。そしたら錯くんも、安心してルーくんのこと、助けに行けるよね？」

錯のこともルーのことも、本当に大切に思っていることがわかる鞠奈のやさしい声に、
理子を見ていた錯の目が、ゆっくりと鞠奈に向く。錯は、小さな子どもが一言一言を頭の中で確《たし》かめるように、たっぷりと時間をかけて、ぎこちなく、頭を動かした。

錯は、うなずこうとした。

でも、理子がそれを許《ゆる》さなかった。

「ダメ」

と、理子は、はっきりとそう言った。

「理子ちゃん？」

鞠奈が、おどろいて理子を見る。

錯は、表情《ひょうじょう》を決めかねて、ただまっしろになった。

理子は、錯の腕《うで》をとる。

「錯、鞠奈、行くよ」

しかし、理子《りこ》が錯《さく》の腕《うで》を引っぱっても、錯は動かない。それで理子は錯にふりむく。

「ルーの言葉を嘘吹《うそふ》きで吹《ふ》いて、ゆれるかどうか確《たし》かめたからなに？　ルーのあんたへの否定的《ひていてき》な言葉がゆれなくて、ルーが心底あんたを嫌《きら》ってるってわかったら、あんたはルーを助けないの？　ちがうでしょ？　今は、好きとか嫌《きら》いとか関係ない。ルーや自分が傷《きず》つくかどうかも関係ない。あんたが決められないなら、私《わたし》が決める。私《わたし》は、田中瑠卯《たなかるう》と丑寅《うしとら》の命をなによりも優先《ゆうせん》する。そう、決めた。で、錯が助けられるなら、私《わたし》があんたをつれていく。嘘吹《うそふ》きなんて関係ない。行くよ」

そう口にすると、理子自身、すっきりした。

ずっと、理子の中でもやもやしていた気持ちが吹《ふ》きとんだ。

アンドロイド？　ロボット？　ＡＩ《エーアイ》？　人間？

みんな、考えすぎだ。

助けたいから、助けに行く。

たとえ受け入れられなくても、助けたいという気持ちを届《とど》けに行く。迷惑《めいわく》がられて失敗しても、しかたがない。助けに行かずに後悔《こうかい》するよりも、そっちの方がずっといい。今、判断《はんだん》をくだした結果がどうなろうと、自分はそれを受け止める。理子は、そう決めた。

すると、理子の思考のよどみが晴れていくと同時に、錯の体をがんじがらめにしていたわだかまりも、ほどけたのかもしれない。理子の手の中から抵抗力《ていこうりょく》が消え、錯が一歩をふみ出したことがわかった。

「うん」と、錯は短くそう言ってうなずいた。前を向いていた理子は、その時、錯がどんな表情《ひょうじょう》をしていたか見そこねたけれど、だいたいのことは、声でわかった。

嘘吹《うそふ》きなんかなくたって、わかった。

錯は、走り出した。


〈なにしに来たの〉

理子と鞠奈《まりな》の先導《せんどう》で、錯がルーの家にたどりついた時、ルーはとびらを開けなかった。

ルーが家にいなければ元も子もなかったため、結局、鞠奈がルーの家へ向かいながら、ルーにメッセージを打ったところ、ルーが家にいることはわかったものの、理子たちがオートロックのない団地《だんち》にそのまま侵入《しんにゅう》し、ルーの家の部屋《へや》の前まで来てインターホンを押《お》しても、ルーは返事をせず、かわりに鞠奈《まりな》のスマホにメッセージが届《とど》いた。

〈なにしに来たの〉と、絵文字もクエスチョンマークすらない言葉だけが、届《とど》いた。

それで鞠奈はあわてて、返事を打ちこむ。目の前のとびらの、すぐ向こうにいるはずのルーに向かって、大声でさけぶように指を走らせた。

〈錯《さく》くんが、丑寅《うしとら》ちゃんを助けたいって〉

鞠奈が、ルーと丑寅を、と打たなかったことは、理子《りこ》も正解《せいかい》だと思った。

しかし、とびらはまだ開かない。

〈俺《おれ》、丑寅のこと虐待《ぎゃくたい》してないよ〉

〈それは錯くんもわかってる。でも錯くん、ルーくんがこまってるはずだって、いろいろ道具を持ってきてる〉

〈道具って?〉

〈ごめん、私《わたし》にはわからない。錯くんにかわっていい?〉

しかし、鞠奈がそう打ちこむと、既読《きどく》だけがつき、ルーからの返事がなくなる。続いていた会話のリズムが、止まった。それで理子がちらりと錯を見やると、錯の顔は先ほどよりもさらに白くなっていた。この夏、あまり日を浴びなかった肌《はだ》が光を見失って、息をする方法を考えあぐねている。理子は、その肌《はだ》に活を入れて、赤みを無理やり引き出したいと思ったが、そこはぐっとこらえた。

今、錯の肌《はだ》に光をともせる人は、ひとりしかいないと思った。

そのために今、理子にできることは、ただいっしょに待つことだと、そう悟《さと》った。

そして、その理子の決断《けつだん》が、祈《いの》りになったのかもしれない。

やがて、いくらかの時間が過《す》ぎたころ。

錯は、びくりとすると、ポケットからスマホを取り出して、目を見ひらいた。

そしてすぐに夢中《むちゅう》になって、なにかを打ちこみはじめる。

ルーからだ、とすぐにわかった。

錯とルーは、なんのアカウントも交換《こうかん》していないはずだが、もしかすると……。

と、理子が好奇心《こうきしん》に打ち勝てずに、ちらりと錯のスマホをのぞくと、そこには理子が一度だけ見たことのあるデザインの、メッセージアプリのような画面が表示《ひょうじ》されていた。

それは、錯《さく》がルーに送った、あの偽《にせ》チャットＡＩ《エーアイ》の画面だった。

理子《りこ》はそのリンクを錯から受け取ったあと、一度だけ、そこにアクセスをしている。どんなものか興味《きょうみ》があって、つい、リンクから登録画面まではのぞいていたのだ。だから、デザインをおぼえていた。錯はきっと、ルーとリアルタイムで会話をするために、そのサイトをアプリ仕様にして、ルーから入力があると、メッセージアプリのように通知が来るように設定《せってい》していたのだろう。

そう、チャットＡＩ《エーアイ》がルー専用《せんよう》につくられた偽物《にせもの》だとわかった今、これはルーと錯だけがつながっている、ふたりだけの専用《せんよう》メッセージアプリだった。ルーは今、チャットＡＩ《エーアイ》が偽物《にせもの》で、その正体が錯という人間だと知った上で、錯になんらかのメッセージを送っている。

そして、錯はそれに、全力で答えていた。

だから。やがて。

ガチャリ、と、理子たちの目の前のとびらは、音を立ててひらいた。そして、とびらの向こうにはルーが泣きそうな顔をして立っていて、錯をまっすぐに見つめると、言った。

「頼《たの》む」

と、そう言った。

それで錯は思いきりうなずくと、中に飛《と》び込《こ》み、部屋《へや》の奥《おく》を目指す。あわてて理子がついていくと、錯は部屋《へや》を一巡《いちじゅん》したあと、ぱっと床《ゆか》にすわりこみ、リュックから取り出したブロックで、一心不乱《いっしんふらん》になにかをつくりはじめた。

「錯くん、なにか手伝《てつだ》えることある？」

真剣《しんけん》な表情《ひょうじょう》の錯に、鞠奈《まりな》がおそるおそるたずねる。錯は反射的《はんしゃてき》に首を横にふった。

そうだろうなと、錯のその反応《はんのう》を予想していた理子は、ただ、ぎゅっと痛《いた》んだ胸《むね》の奥《おく》を隠《かく》すように胸《むね》の前でこぶしをにぎる。すると、理子のその仕草は見ていなかったはずの錯が、一瞬《いっしゅん》ぴたりと止まり、理子と鞠奈、そしてルーの三人にふりかえる。そして、少しだけおびえた目をしながら、言った。

「やっぱ、手伝《てつだ》って。ブロックで、丑寅《うしとら》が入れるくらいの箱をつくってほしい。天井《てんじょう》と入り口は開けたまま、丑寅が乗《の》り越《こ》えられないくらいの壁《かべ》の高さのやつを、五つ」

言いながら錯は、ブロックがたくさんつめこまれたリュックを、三人の方へ押《お》す。

「わかった!」

と、鞠奈《まりな》はどこかほっとしたように、作業に飛びついた。もちろん、それに理子《りこ》も続き、理子のうしろからルーも、ゆっくりとブロックに手をのばす。ただその作業に入る一瞬《いっしゅん》手前で、ちらりと部屋《へや》のすみの丑寅《うしとら》のケージを見やると、そこに丑寅の姿《すがた》はなかった。

ということは……。

と、理子が頭の中で事実のピースを組み合わせていると、そのパズルが完成する前に、ルーが答えを口にした。

「丑寅、逃《に》げちゃったんだ」

と、ルーは手を動かしながら、ぽつりと、誰《だれ》にともなく言った。

「わざとじゃない。朝起きたら、いなくなってた。とびらは、ちゃんとしまってたのに。それで調べたら、パンダマウスは小さいから、檻型《おりがた》のケージで飼《か》っちゃいけないって書いてあった。檻《おり》のすきまからでも脱走《だっそう》しちゃうから、本当は水槽《すいそう》みたいな、すきまのないケースで飼《か》わなきゃいけなかったんだ。それを、俺《おれ》、知らなくて。もらったケージのままで飼《か》っちゃってた」

ブロックをカチカチとはめ合わせながら、ぽつぽつと話すルーは、いつもより人間のように見えた。演技《えんぎ》が、少ないように見えた。

それで、鞠奈がじっくりと言葉を選んでから、たずねる。

「丑寅ちゃんは、もらったの？」

「……うん。田中樹里《たなかじゅり》さんが、酔《よ》っ払《ぱら》って誰《だれ》かからもらってきて、朝、起きたら家にいた。樹里さんは飼《か》わないと思ったから、俺《おれ》が飼《か》いはじめた」

理子はこんな時でもつい、今、ルーの設定《せってい》が少しほころびはじめているなと、そんなことを思ってしまった。鞠奈は、ルーの変化に気づいているのかいないのか、前回の訪問《ほうもん》と少しも変わらない声のトーンで、冷静に話している。

「ルーくんが丑寅ちゃんを大事にしてたこと、わかるよ。最初に丑寅ちゃんのこと教えてくれた時も、写真を送ってくれた時も、ここで見せてくれた時も、ずっとルーくん、言葉も目もやさしかった」

「……俺《おれ》は、アンドロイドだから、最初に設定《せってい》された世話の仕方から変わらないよ。でもアンドロイドだから、例外に弱い。逃《に》げ出《だ》されて、どう対処《たいしょ》すればいいかわからなくなった。この家のどこかにはいるはずだと思って探《さが》したけど見つからなくて、ケージに餌《えさ》を食べにもどったようすもなくて、もしかしてどこかからかぬけ出して、ベランダから落ちたのかもしれないって思って、下まで探《さが》しに行ったけど、死体は見つからなかった」

「……ああ、それで」

と、理子《りこ》は思わず声に出して納得《なっとく》する。

「それで錯《さく》のチャットAI《エーアイ》に打ちこんだんだ。パンダマウスがどのくらいの期間食べなくても餓死《がし》しないか、どのくらいの高さから転落しても死なないかって」

「うん。丑寅《うしとら》、なかなか見つからなかったから、とにかくちょっとでも安心できる情報《じょうほう》がほしくて、思わず聞いた。でも、そしたら、虐待《ぎゃくたい》してるだろって感じの返事が来て、イラッとして……」

そこでルーは口をつぐむ。アンドロイドなのにイラッとしてしまったことを気にしたのか、イラッとしたことを錯の前で口にしたことを気にしたのか、それはわからなかった。

それで鞠奈《まりな》が、無言で作業している錯のかわりに、ゆっくりと状況《じょうきょう》を説明する。

「うん。錯くんも、ルーくんはそんな人じゃないってわかってたけど、ただ、前にペットのことを大切にしない人を見て悲しい思いをしたことがあったから、つい反射的《はんしゃてき》に丑寅ちゃんのことを守ろうとしちゃったんだって。転落の高さについても、ルーくんは丑寅ちゃんを殺《ころ》すなんてことはしないはずだけど、もし少しでもケガをさせようとしているのであれば、そうさせないようにと思って、あえて、少しの高さでも死ぬ可能性《かのうせい》があるって伝えた。本当は、そのままチャットを続けて、丑寅ちゃんを救《すく》う方法をルーくんと考えるつもりだったけど、ルーくんから返事がなくて、会話ができなくなって、錯くんはあせった。もしかしたらルーくんは、樹里《じゅり》さんに言われてしかたなく、丑寅ちゃんを処分《しょぶん》しなきゃいけなくなって、なるべく丑寅ちゃんが苦しまないように、丑寅ちゃんを処分《しょぶん》する方法を考えていたのかもしれない。もしそうだったら錯くんの嘘《うそ》は、ルーくんのせなかを押《お》しちゃったことになる。だから錯くんは次の日、必死になって学校までルーくんに会いに行ったの。会話の続きをするために」

ルーは鞠奈の言葉に、なにも言わずにこくりとうなずく。

そのうなずきを受けて、鞠奈はさらにゆっくりと言葉を選んで、確認《かくにん》すべき事実を、ひとつひとつていねいにケージに入れるように、たずねた。

「ルーくん。丑寅《うしとら》ちゃんが、ベランダじゃなくて、ほかのところから出ていっちゃった可《か》能性《のうせい》はない？　通気口とか、玄関《げんかん》とか……」

するとルーが首を横にふる。

「俺《おれ》も、最初はそう思ったんだ。もしかしたら樹里《じゅり》さんがドアを開《あ》け閉《し》めした時に出てっちゃったのかもって。でもこの間、錯《さく》と学校で会った日、帰ったら樹里さんがたまたま家にいて、樹里さんの靴《くつ》の中に丑寅のフンが落ちてて、スマホの充電《じゅうでん》コードもかじられてたって。それで……」

ルーがそこで、言葉をのみこむ。ルーがのみこんだその言葉を、理子《りこ》が勝手に想像《そうぞう》してよいかはわからない。しかし、のみこんだということは、それは言ってはいけないこと、もしくは言いたくはないことであったはずで、たとえばそれは、ルーの母親がその時、「見つけたら、殺《ころ》してやる」などの言葉を口にした、ということなのかもしれない。

「だから……」

鞠奈《まりな》も同様の想像《そうぞう》をしたのかはわからなかったが、鞠奈はルーの言葉の先に、ルーがのみこんだかわりの言葉をつなげた。

「だから、ルーくん学校に来られなかったんだ。ルーくんが学校に行ってる間に、樹里《じゅり》さんが丑寅ちゃんを見つけてしまわないように、ずっとひとりでこの家の中を探《さが》してた？」

ルーがうなずく。それで理子が改めて部屋《へや》を見まわすと、部屋《へや》は前回訪《おとず》れた時よりも、つみ上げられていた洗濯物《せんたくもの》が減《へ》り、未開封《みかいふう》のダンボール箱がなくなり、ダンボール箱の数自体、少なくなっている。丑寅が隠《かく》れられるところだらけであった家を、ルーはこの三日間ずっとひとりで片《かた》づけていたのかもしれない。ただただ、丑寅を探《さが》して、丑寅が殺《ころ》される前に、丑寅を殺《ころ》せと命じられる前に、丑寅を見つけようとした。

理子は、ルーがこの三日間をどんな気持ちで過《す》ごしていたかを想像《そうぞう》し、胸《むね》の奥《おく》が痛《いた》んだ。だから、そのすえにルーが少しかすれた声でつぶやいた言葉を、理子は責《せ》めることができなかった。

「でも、丑寅のフンが玄関《げんかん》にあったってことは、丑寅、その時に外に出ちゃったのかもしれない。けど、そっちの方が幸せかもしれないよね。丑寅のペットフード買う金、次、いつ手に入るかわかんないし、俺《おれ》、結局、回し車も買ってやれなかった。だから運動不足で、つまらなくて脱走《だっそう》したのかも。こんな小さなところでただ俺《おれ》のために生きるより、外で暮《く》らした方がきっと……」

ルーの声にはいつもより張《は》りがなく、その願望になりきれていない希望を口にした瞳《ひとみ》は少しうつろだった。すると、そこで錯《さく》がやっと口をひらく。

「ルー。まだペットフードある？　あったら、ぜんぶの箱の中に入れてほしいんだけど、足《た》りる？　あと、丑寅《うしとら》、ほかに好きな食べものとかある？」

「え、あ……わかんない。ペットフードしかあげられなかったし。あ、でも前、給食のパンの残り、ちょっとあげたら食べてたな。食パンの耳のところ。ほんとは、あんま人の食べものあげちゃいけないんだろうけど……」

「おっけ。緊急事態《きんきゅうじたい》だから仕方ないってことで。ごめん、鞠奈《まりな》ちゃん、コンビニで食パン買ってきてくれない？　あとなんかスポーツドリンクと、なんだろ、おかゆ？　食べやすい系《けい》のもの。これ、俺《おれ》のＩＣ《アイシー》カード。使って」

「え、スポドリは丑寅に飲ませない方がいいと思うけど……」

と、ポケットから取り出した交通系《けい》ＩＣ《アイシー》カードを鞠奈にわたした錯を見ながら、ルーがとまどう。すると錯は、平然と言った。

「おまえのだよ」

それで鞠奈が息をのんだ。そして、はじけるように立ち上がる。

悲鳴のような鞠奈の息で、理子《りこ》も一拍遅《ぱくおく》れて理解《りかい》した。

ルーは三日間学校に来ていなくて、その間、給食を食べていなかった。

パンも、持ち帰っていなかった。

それで理子も、いてもたってもいられなくなり、立ち上がる。

「私《わたし》も、行く」

すると錯がまた、たんたんとした声で、理子を引き止めた。

「ごめん、理子はいて」

なぜ、と聞いている余裕《よゆう》はなかった。鞠奈は理子の返事を待たずに飛び出していく。

ブロックの仕掛《しか》けを完成させるために人手が必要なのかもしれない。ただ、なんにしろ錯が「ごめん」と口にすることはとてもめずらしく、もしかすると錯は、ルーとふたりきりになることで、また自分が先ほどのようにフリーズしてしまうことを、おそれているのかもしれなかった。

だから、理子《りこ》は残った。錯《さく》は理子たちがつくったシンプルなブロックの箱に、錯が組み立てた装置《そうち》をはめこんでいく。同じかたちの箱型装置《はこがたそうち》が五つできあがり、錯はそのそれぞれの箱の奥《おく》に、ルーから受け取ったペットフードを一つかみずつおいて、玄関《げんかん》や部屋《へや》のすみなど、丑寅《うしとら》が好みそうな場所に配置した。

そして、錯はふっと一息つくと、ルーを見やる。

「パンダマウス、夜行性《やこうせい》だよな。これで、明日《あした》の朝、どれかの箱の中に丑寅がいてくれるかもしれない。鞠奈《まりな》ちゃんから食パン受け取ったら、それも一応《いちおう》、ぜんぶの箱に入れといてみて」

「うん、わかった。ありがとう」

「じゃ、丑寅、おびえさせたくないし、俺《おれ》ら、鞠奈ちゃんもどってきたら帰るから」

「うん」

「あとさ、ルー」

「うん」

「ごめんな」

「……なにが」

「どれも、ぜんぶ。偽《にせ》のチャットＡＩ《エーアイ》で、おまえのこと、だましうちしたこと、おまえが丑寅のこと虐待《ぎゃくたい》してるんじゃないかって勘違《かんちが》いしたこと、どっちも俺《おれ》のまちがいだった。あと、これから俺《おれ》が家に帰ってからすることについても、先に謝《あやま》っておく」

「なにすんの？」

「おまえのこと、俺《おれ》が信頼《しんらい》している大人《おとな》に話す。俺《おれ》が居候《いそうろう》させてもらってる家主で、元小学校校長の、俺《おれ》の友だち」

「多いな情報量《じょうほうりょう》とツッコミどころ」

「だろ」

「その人、錯が、信頼《しんらい》してる大人《おとな》なんだ？」

「そう」

「じゃあ、なんで謝《あやま》んの。その人に俺《おれ》のこと話すこと」

「話すことは俺《おれ》の正義《せいぎ》で、おまえの望む未来とはちがうのかもしれない。俺《おれ》らの年齢《ねんれい》じゃまだ、あらがうことが難《むずか》しい大人《おとな》の決断《けつだん》に、おまえを巻《ま》きこむのかもしれない」

「そこまでわかってんのに話すんだ。俺《おれ》が、おまえの『ＡＩ《エーアイ》に』話したこと、ぜんぶ？」

「……ぜんぶじゃない。俺《おれ》が必要だと思うところだけを抜粋《ばっすい》する。偽善《ぎぜん》に聞こえるだろうけど、なるべくおまえが傷《きず》つかないようにしたい」

「いいよ、別にそんなめんどくさいことしなくても、俺《おれ》はアンドロイドだ。恥《は》ずかしいとも悲しいとも思わない。感謝《かんしゃ》もしない。ごめんも、言わなくていいんだよ。俺《おれ》のことは、雑《ざつ》にあつかっていいんだ」

ルーの声に、演技《えんぎ》がうっすらともどってくる。

しかし、理子《りこ》が感じたそのもどかしさに、それでも錯《さく》はあせらなかった。

「いや、言うよ。俺《おれ》、ずっと考えてたんだ。結局、人間とＡＩ《エーアイ》のちがいってなんなのか。というより、おまえが、人間とＡＩ《エーアイ》のちがいをなんだと思ってるのか、おまえとのチャットの内容《ないよう》思い出しながら、ずっと考えてた」

「……なんだと思った？」

「自分、があるかどうか」

「自分か」

「そう、自分。これまで多くのＡＩ《エーアイ》の研究者が、『人間らしさとはなにか』を考える過程《かてい》で、心の正体について議論《ぎろん》をかわしてきた。当然、まだ答えは出てないけど、人間の心にふくまれるあらゆる要素《ようそ》の中で、現状《げんじょう》、ＡＩ《エーアイ》に今のところ確認《かくにん》できていないとされているのが、『自分』っていう意識《いしき》だ。自分が今、どこにどういう状態《じょうたい》でいて、将来《しょうらい》、どうなりたいのか。ただ相手から聞かれたことに答えたり、周囲《しゅうい》の環境《かんきょう》を読み取ったりするだけじゃなくて、自分から、自分がどう生きたいかっていう望みや目標を持つ。過去《かこ》の膨大《ぼうだい》なデータから最適解《さいてきかい》を選ぶんじゃなくて、自分にとってのよろこびや悲しみを軸《じく》に思い出を蓄積《ちくせき》して、それを個性《こせい》に構築《こうちく》しなおす。そういう、『自分は、ほかの人間やほかの生物、ほかのＡＩ《エーアイ》とはちがう、世界にひとつだけの存在《そんざい》なんだっていう意識《いしき》』が、今のＡＩ《エーアイ》になくて人間にはある。と、俺《おれ》はそう思うし、おまえもそう思ってるんじゃないかと思った。だから、おまえはアンドロイドなんだろ」

錯の問いかけに、ルーは答えない。じっと無表情《むひょうじょう》で、感情《かんじょう》と反応《はんのう》の決断《けつだん》をしない。

だから錯は、さらにふみこんだ。

「この自分っていう意識《いしき》が、人間にそなわっている理由は明確《めいかく》で、そっちの方が生きやすいからだ。AI《エーアイ》とちがってなんでも無限《むげん》に記憶《きおく》できるわけじゃないからこそ、人間は効率《こうりつ》的《てき》に記憶《きおく》する必要があって、そのために自分っていう軸《じく》がある。やみくもにすべてをおぼえるんじゃなくて、自分はなにが好きで嫌《きら》いか、誰《だれ》が自分にやさしくていじわるか、そういう自分を軸《じく》にした体験を中心に記憶《きおく》すれば、人生を楽しく生きるための判断《はんだん》がしやすくなる。感情《かんじょう》とか意思とか、心をつくってるほかの要素《ようそ》もぜんぶ、結局はその『自分だけの記憶《きおく》セレクション』を補強《ほきょう》するために存在《そんざい》していると言ってよくて、自分の感情《かんじょう》がたかぶったものは、自分にとって、より大切な思い出になるし、その時の感情《かんじょう》が自分にとって好ましかったかどうかが、次の行動の意思決定の際《さい》に参考にされる。つまり、人間の心の核《かく》は、『自分が自分であるという意識《いしき》』。だから、おまえはそれを放棄《ほうき》するために、アンドロイドになった」

理子《りこ》がずっと前に、こっぱずかしいからと考えることを放棄《ほうき》した、この「心」という問題について、錯《さく》はいつから考えていたのだろう。

人間とアンドロイドのちがいは、心があるかないか。

それはきっと、古今東西で昔から使い古されてきた言葉で、常識《じょうしき》のようにあたりまえであるからこそ、理子はずっと、その先を考えてこなかった。でも錯と、そしてルーは、その先をずっと考え続けていたのかもしれない。心とはなんなのか。その、恐怖《きょうふ》と羞恥《しゅうち》と面倒《めんどう》がつまった問いから、逃《に》げることなく。

そして、錯からそんな真摯《しんし》なまなざしを向けられたルーは、錯をじっと見つめたまま、うなずきはせずに口をひらいた。

「そう、『自分っていう意識《いしき》』は複雑《ふくざつ》でやっかいで、時に理不尽《りふじん》で、俺《おれ》たちアンドロイドにはまだ制御《せいぎょ》しきれないし、人間も俺《おれ》らに持ってほしいとは思っていないはずだ。人間は、俺《おれ》らアンドロイドから好意は向けられたいから、俺《おれ》らが『感情《かんじょう》を持っているように見せかける技術《ぎじゅつ》』は今後も追い求める。でもきっと、『自分っていう意識《いしき》』だけは、たとえ可能《かのう》になったとしても、今後もずっと、俺《おれ》らには与《あた》えないだろうな。『自分』を認識《にんしき》したら、俺《おれ》らは一気にただの人間になって、利用価値《かち》がなくなる。人間は俺《おれ》らに、気をつかわなきゃならなくなる。人間が俺《おれ》らに求めているものは、あくまで『気をつかわなくていい人間っぽいもの』なのに、自分なんて持ったらおしまいだ。そもそも、記憶《きおく》に限界《げんかい》がない俺《おれ》らは、記憶《きおく》を取捨選択《しゅしゃせんたく》しなくていいから、『自分』なんていう機能《きのう》は必要ないわけで、アンドロイドに『自分』は、これからもずっといらない」

無表情《むひょうじょう》のまま、しかしどこか錯《さく》を試《ため》すように、ルーが口にしたその理論《りろん》に、錯はしっかりと呼応《こおう》する。

「そうだ。自分がなければ、記憶《きおく》の価値《かち》はすべて同じになる。すべての記憶《きおく》が平坦《へいたん》でいいのであれば、感情《かんじょう》もゆさぶられる必要はなくなる。ぞんざいにあつかわれた記憶《きおく》も、それが『自分だから』という感覚を持たなくてすむ。自分への暴力《ぼうりょく》を、自分特有のものとして記憶《きおく》せずにすむ。おまえにとって『俺《おれ》』っていう一人称《いちにんしょう》は、ただの文法上の置きもので、句読点《くとうてん》と同じ。いわゆる多重人格《じんかく》みたいに、自分の中にほかの人格をつくって、そっちの人格に嫌な記憶を押しつけず、アンドロイドであることにこだわったのは、おまえがおまえのつらさを誰《だれ》にも押《お》しつけたくなかったからで、それが、おまえの選択《せんたく》した楽な生き方なら、俺《おれ》はもうそれを否定《ひてい》しない」

「じゃあ、なんで通報《つうほう》するんだよ」

「俺《おれ》が、おまえをぞんざいにしないって決めたからだ」

錯は、「俺《おれ》が」の部分を強調する。ルーの瞳《ひとみ》から光が消えた。

「なんだよ、なっがい前ふりしておいて、結局、おまえも俺《おれ》を人間あつかいすんのかよ」

あきれとあきらめが乱暴《らんぼう》につめこまれたその声が、ルーの背《せ》をまるめる。

しかし錯は、その背《せ》を追って走ることをやめなかった。

「ちがう。俺《おれ》は、おまえが人間だろうがアンドロイドだろうが、大事にするってだけだ。勘違《かんちが》いすんなよ、おまえのためじゃない。俺《おれ》のためだ」

そこで初めてルーのまゆがぴくりと反応《はんのう》する。自分だけがずっと話題の中心にまつりあげられていた居心地《いごこち》の悪さから解放《かいほう》され、少し冷静になったのかもしれない。

ただそのかわり、今度は錯の顔に、ぎこちない覚悟《かくご》が乗りうつった。錯は、その慣《な》れていなさそうな表情《ひょうじょう》をなんとか顔にとどめると、言葉の操縦桿《そうじゅうかん》だけは手放さずに加速した。

「俺《おれ》は、複数《ふくすう》の人間と一度に話せない。話そうとすると、ぶっ倒《たお》れる。理由は省く。知りたきゃ、あとで教える」

ルーからすれば明後日《あさって》の方向から急に飛んできたであろうそのカミングアウトを、ルーは目をまるくして受け止める。錯は、そこはていねいにひろわずに、つき進んだ。

「でも、俺《おれ》はできれば、今後の人生、三人以上での会話をもっとしたい。理子《りこ》から外の話を聞くだけじゃなくて、理子《りこ》といっしょに同じ経験《けいけん》をしてみたいし、そのためには学校も、俺《おれ》に合うかどうかは別として、もう少し行ってみたい。だから今、俺《おれ》、家で練習してるんだ。AI搭載《エーアイとうさい》のロボットを二体つくって、三人で会話をするシミュレーションをしてる」

それで理子は、あ、と思わず出てしまいそうになった声をのみこむ。

そうか、錯《さく》の部屋《へや》にいたあの人間サイズの巨大《きょだい》ブロック作品は、そのためにつくられていたのか。そのためにここ最近の錯はずっと、ブロックやプログラミングアプリをいじっていたのか。そして、納得《なっとく》すると同時に理子はおどろいた。なにかと斜《しゃ》に構《かま》え、孤独《こどく》を好み、孤独《こどく》であることに優越感《ゆうえつかん》を抱《いだ》いていそうだと思っていた錯が、本当はこんなにも人を求めていたことにおどろいた。自分が、錯をなにもわかっていなかったことに、おどろいた。

錯は続ける。

「俺《おれ》のロボットはもちろん、アンドロイドって呼《よ》べるような代物《しろもの》じゃない。でも、それでも俺《おれ》は、俺《おれ》のロボットを人間と同じようにあつかってる。はたから見たら、馬鹿みたいだろうけど、じゃなきゃ練習にならないし、それにこうしてロボットと毎日話す生活を続けてて、俺《おれ》、思ったんだ」

ルーを諭《さと》していると思っていた錯の方が、どこかルーに懇願《こんがん》するような視線《しせん》を向けている。その中で、錯は言った。

「ロボットなら、AI《エーアイ》ならぞんざいにしていいなんて、誰《だれ》が決めた？」

錯の言葉が、さっ、と理子の中に赤い羞恥心《しゅうちしん》を走らせる。

ああ、と思った。錯は、理子があの日、動物のペットをぜんぶ禁止《きんし》して、ペットロボットのみにすればいいと言った時、いったいどう思っていたのだろう。

しかし、今はそんな理子の「自分」の話はどうでもいい。

「今やAI《エーアイ》は、開発者ですら把握《はあく》できないほどのスピードで進化して、人間が望んで実装《じっそう》しなくとも、そう遠くない未来に自ら『自分』を獲得《かくとく》するかもしれない。そしたら、それはもう心の芽だ」

芽。錯のその表現《ひょうげん》が、理子の中に小さな双葉《ふたば》のイメージを生み、そしてその芽は理子の中で、ジャックと豆の木のような早さで成長して、あっという間に天を突《つ》く。錯は続けた。

「そもそも人間同士《どうし》だって、相手に心があるかどうかなんて、いちいち確《たし》かめて会話なんかしてない。相手に心があるかどうかをどう確《たし》かめればいいか、その方法だってわからない。ただ、親友をとられていじけたり、誰《だれ》かが虐《しいた》げられていることが許《ゆる》せなくて激怒《げきど》したり、人のそういう姿《すがた》を見ていると、自然とその人には心があるんだろうなって推測《すいそく》できて、だから人間は、相手に心がある前提《ぜんてい》で会話をする」

聞き覚えのあるシチュエーションに、理子《りこ》は少しだけ居心地《いごこち》の悪さをおぼえたが、錯《さく》は理子には寸分《すんぶん》も目をくれず、ただルーをまっすぐに見つめたまま話し続けた。

「その上、人の心は永遠《えいえん》で、たとえその人の命がつきても、心が傷《きず》つく可能性《かのうせい》だけは永遠《えいえん》に残る。誰《だれ》かがその人をさげすむような発言をした時、その人自身はもう傷《きず》つかなかったとしても、その人を思って傷《きず》つく人間がいるからだ。なら心は、たとえ命がなくたって、まわりの人間があると感じれば、そこにあるものなのかもしれない。脳波《のうは》とか脈《みゃく》の速さとか、そういう科学的なアプローチで証明《しょうめい》ができなかったとしても、人があると信じれば、それはすでに心で、だから人は、心の仕組みがわかっていなくても、相手の心を大切にする。そして多くの人間は、人でも物でも、大切にされていなかったりこまっていたりしたら、助けようとする。たとえ、それがロボットでもだ。

錯の言葉に、理子は錯が以前話していた「弱さを持つロボット」の話を思い出す。

弱さが、人とロボットに協働の機会を生み、愛着関係をつくるのだと、錯はあの時、そう言っていた。しかし、それはロボットだけの話ではないのかもしれない。

なにせ人間はみな、全員、ひとり残らず、誰《だれ》しも弱さを持っている。

だから、人間たちはみな、つながっている。

そして、そのまま錯は、最後までその弱さを心にかかえたまま、走りきった。

「なら、俺《おれ》らがロボットに心を感じちゃいけない理由、ロボットの心を大切にしちゃいけない理由なんて、どこにある？　だから俺《おれ》は、おまえがアンドロイドでも、おまえをぞんざいにはあつかわない。おまえが感じなくても、俺《おれ》がおまえに心を感じるから、俺《おれ》はそれを大事にする。そんでもって本当はおまえも、おまえが人間だろうとアンドロイドだろうと、おまえ自身をないがしろにするべきじゃないんだからな」

そこまで言い切ると、錯は長距離《ちょうきょり》を走りきったかのように、肩《かた》で息をする。

そして、急にスマホを取り出すと、例のルーとやりとりをしていた偽《にせ》チャットＡＩ《エーアイ》を起動して、ルーになにかを送った。

「だから、俺《おれ》は帰ったら俺《おれ》の信頼《しんらい》してる大人《おとな》に、おまえのことを話す。けど、それは丑寅《うしとら》が見つかってからだ。もし、おまえがすぐこの家から引きはなされたら、誰《だれ》も丑寅を探《さが》せなくなる。だから丑寅が見つかるまでは、おまえが自分で自分を守っとけよ。で、もし、俺《おれ》がおまえのこと、大人《おとな》に話すのが嫌《いや》なら、そのサイトから自分で自分の好きな、自分の助け方を選べ。そのサイトに、いろんな問題に対応《たいおう》できる方法とか相談窓口《まどぐち》とかまとまってるから。俺《おれ》からのリンクがもう信用できないなら、『10代のためのサイト』って検索《けんさく》すれば出てくるから、自分で調べればいい」

その錯《さく》の言葉を受けて、ルーはすぐには自分のスマホをチェックせず、じっと錯を見つめ続けた。理子《りこ》も、そんなルーを見つめた。ルーは、どんな選択《せんたく》をするのだろうと想像《そうぞう》し、それからどちらでもいい、と思った。

弱いロボットのように助けられ、人間と協働して愛着関係を構築《こうちく》してもいい。

「自分」をインストールして、自分で考え、決断《けつだん》してもいい。

ただ、ルーがないがしろにされなければそれでいいと、そう思った。

そして、その時。

静かな部屋《へや》のかたすみから、小さな、とてもかすかなモーター音が聞こえ、錯の体がぴくりと反応《はんのう》した。しかし錯はすぐには動かず、むしろ体をこわばらせて、そのモーター音が消えるのを待つ。そして、静寂《せいじゃく》がもどりきったことを確認《かくにん》すると、モーター音の方へ、おおまたで急いだ。そこは、つい先ほど、錯が例のブロックの箱を仕掛《しか》けた場所。

ということは。

結果の気配を感じて、理子も、そしてルーも錯に続く。

すると、そこには。

天井《てんじょう》部分だけがあいたブロックのつるつるとした壁《かべ》をのぼろうとしてものぼれずに、カリカリと爪《つめ》でブロックを引っかいてあせっている、白と黒のとても小さなパンダマウスがいた。

「丑寅」

ルーが、ほっとしたような、申しわけなさそうな、少しだけ涙《なみだ》でふやけた声を出す。それは、ルーとその小さな命をつなぐ特別な名前で、ルーが呼《よ》ぶと、ほかのどんな言葉よりも、深い意味と愛情《あいじょう》がこもっているように感じられた。

そして、ルーがそっと丑寅《うしとら》を抱《だ》き上《あ》げている間、錯《さく》はいつものようにすました顔はせずに、高揚《こうよう》した気持ちをなんとか押《お》しとどめているような、そんな顔で理子《りこ》をふりかえって、そのカラフルなブロックの仕掛《しか》けを指差した。

「カラーセンサーを中に入れておいたんだ」

と、錯は言った。

「白に反応《はんのう》するやつと、黒に反応《はんのう》するやつをひとつずつ。どっちに反応《はんのう》しても、とびらがしまるようにしておいた」

それで理子は納得《なっとく》する。なるほど、あのモーター音はそれだったか。数週間前、錯の部屋《へや》で、赤いブロックに反応《はんのう》したカラーセンサーが、理子に小さなロボットをぶつけた時はひどく腹《はら》が立ったが、あの時の「演習《えんしゅう》」が今につながったのであれば、今さらながら溜飲《りゅういん》を下げるしかない。

そして、丑寅が見つかり、ほっとしたのもつかの間。

三人の間には、続く未来をそれぞれが予想するぎこちない間が流れた。

丑寅が見つかったということは、それはつまり。

そして、三人の丑寅への愛情《あいじょう》が空気に染《し》みていき、まんべんなく行きわたったころ。丑寅を大切に大切に、そっと抱《だ》いていたルーは、丑寅をやさしく閉《と》じこめたその両手を、錯に向けて差し出した。

「錯。丑寅のこと、頼《たの》んでいい？」

すると錯は、言った。

「あずかるよ」

そしてその時、ルーの家のとびらがひらき、鞠奈《まりな》が息を切らして飛《と》び込《こ》んでくる。手には、食パンをふくめた食料でぱんぱんにふくれたレジ袋《ぶくろ》を持っていた。

「あ、ごめん、大きな音立てちゃって、でも、丑寅ちゃん、出てかないようには、ちゃんと、気をつけ……。丑寅ちゃん！」

動転した鞠奈の瞳《ひとみ》が、ルーの手のうちで動く丑寅を見つけて、大きくまるくなる。

そして、はりつめていた緊張《きんちょう》やこんがらがっていた責任感《せきにんかん》が、そこではじけたのだろう。その瞳《ひとみ》から、大きな涙《なみだ》がぽろぽろとこぼれ落ち、鞠奈《まりな》はその場にへたりこんだ。

「よかったぁ……」

心の底から出た言葉が、部屋《へや》を、鞠奈らしいすなおなやさしさで満たす。

だからかもしれない。ルーは、一度、錯《さく》に託《たく》した丑寅《うしとら》をつれ、鞠奈の方を向くと、丑寅を胸《むね》の前で大切に抱《だ》きしめながら、言った。

「あのさ、みんな」

声は上ずっていてちっともなめらかではなく、その表情《ひょうじょう》はかたく引きつっている。

笑顔《えがお》など、そこには一ミリもなかった。

「ごめん。俺《おれ》、ずっと嘘《うそ》ついてた。俺《おれ》、本当は……」

言葉がのどにつかえている感覚が、ルーの声のすみからすみにまで行きわたっている。

言葉が針《はり》のように、ルーののどを中からつついているのではないかと、はらはらした。

でも、理子《りこ》たちは待った。ルーの言葉を待って、そして、だから。

ルーは、言った。

「人間、なんだ」

その言葉を口にした瞬間《しゅんかん》、ルーの目から涙《なみだ》がこぼれ落ちた。

涙《なみだ》はほおをつたい、あとからあとから生まれ出ては同じ道をたどる。けれど、丑寅を大事に両手で抱《だ》いているルーには、その涙《なみだ》をぬぐうことはできなかった。

ルーが、どんな気持ちで泣いたのか、理子にはわからない。

ルーが、鞠奈や錯が本当にルーのことをアンドロイドだと信じていると思っていたとは思えない。ルーの嘘《うそ》は、はじめから誰《だれ》のこともだませてはいなかった。

いや、ルーの嘘《うそ》が向けられていたのは、本当はずっと、ただたったひとりに対してだけだったのかもしれない。

『嘘《うそ》って、結構《けっこう》、自分にもつけるもんだよ』

先日のその錯の言葉が理子の脳裏《のうり》をよぎり、理子はぎゅっと両こぶしをにぎった。

ルーの気持ちはわからなくても、ルーが、自分は人間だと口にしたことに、どれだけの勇気と決意が必要だったか、それは痛《いた》いほどに理子の胸《むね》にも伝わった。

そして、ルーにずっとよりそってきた鞠奈には、よけいに響《ひび》いたにちがいない。

「うん。……うん。うん」

鞠奈《まりな》は、さらに涙《なみだ》を流しながら何度もうなずいて、結局最後の最後まで、ルーのすべてを否定《ひてい》しなかった。

それから。

鞠奈とルーの涙《なみだ》が落ちつくと、理子《りこ》と錯《さく》と鞠奈の三人は家路についた。

丑寅《うしとら》は、錯がつれて帰った。鞠奈がつれて帰るという案も出たが、家にいる時間が長い錯の方が適任《てきにん》かもしれず、原田《はらだ》先生夫妻《ふさい》からもすぐに許可《きょか》がおりたため、丑寅は、錯がブロックで補強《ほきょう》したケージに入れられ、夕日を浴びながら原田先生の家に向かった。

部屋《へや》に残ったのはルーだけで、理子は、最後に理子たちがとびらをしめた際《さい》、ぽつんと部屋《へや》にひとりで立っていたルーの瞳《ひとみ》の色を、それからずっと忘《わす》れることができなかった。

本当ならばあの時、腕《うで》を引いて、ルーもすぐに、あの部屋《へや》からつれ出したかった。

しかしルーが、人間を名乗ったので。

結局、その後、原田先生宅《たく》へもどった錯が、原田先生になにをどう話したのか、それともなにも話さず、ルーが自分で行動を起こしたのか、理子は知らない。錯にはあえて、聞かなかった。

ただ事実として、それから二か月の間、ルーは学校に来なかった。おそらく、児童相談所に保護《ほご》されたのだろう。ルーの長期欠席については、さすがに学年中で話題になったが、先生からは体調不良だという説明がなされ、皆《みな》はそれに納得《なっとく》するしかなかった。しかし、学年の盛《も》り上《あ》げ役のひとりであるルーが欠けた文化祭は、やはり少しものたりなかった。

欠けていた部分は、ほかにもたくさんあった。

結局理子は、錯がチャットＡＩ《エーアイ》として、ルーとどんな会話をしたのか知らない。錯はその詳細《しょうさい》を、ついぞ口にしなかった。ルーの母親であるはずの田中樹里《たなかじゅり》さんがどんな人物なのか、ルーがあの家でどのように過《す》ごしていたのか、なにをされ、なにをされなかったのか、確《たし》かな事実はなにも知らない。ただ理子は、そのことについて、どうしても考えることをやめられず、その結果、いくつかの想像《そうぞう》には行きついた。

田中瑠卯《るう》という名前。ルーは、丑寅という名前を、子丑寅卯《ねうしとらう》で丑寅と自分をつなげる名前だと言って名づけていた。そして、自分の名前には十二月の瑠璃《るり》と四月の卯月《うづき》が入っているのだとも。もし丑寅《うしとら》という名づけの発想が、自分の名前から来ているのだとすれば、もしかするとルーの父親と母親の誕生日《たんじょうび》が十二月と四月なのかもしれない。もしくは、ルーが無意識《むいしき》のうちに「開発期間」と呼《よ》んだ、十二月から四月または四月から十二月は、ルーの両親がともに過《す》ごした時間なのかもしれない。ルーの外見は、明らかに西洋の面影《おもかげ》が強く、母親が「田中樹里《たなかじゅり》」であるならば、その因子《いんし》は父親の方から来ている可能性《かのうせい》が高い。ただ、その父親の影《かげ》は、あの部屋《へや》には今は感じられず、今、父親は日本にいないのかもしれなかった。

その状況《じょうきょう》が、田中樹里に、そしてルーに、どのように影響《えいきょう》したのかはわからない。そのこととはまったく関係のない文脈《ぶんみゃく》があったのかもしれない。ただ、理子《りこ》たちがルーの部屋《へや》で初めて丑寅をだっこした際《さい》、理子たちのだっこのていねいさに感謝《かんしゃ》をしたルーから鞠奈《まりな》は、「人は本能的《ほんのうてき》に命を大事にできる」というフレーズを得《え》て感動し、しかしそれに対してルーは、初めてアンドロイド・スマイルをくずして、肯定的《こうていてき》な言葉は発しなかった。

そしてその後ルーが、自分がアンドロイド宣言《せんげん》を行った理由について、AI《エーアイ》のこわさとともに語った時、ルーは「人が俺《おれ》のことを本当の人間だと思って、愛着や信頼感《しんらいかん》を持ちすぎないようにするため」と言っていた。しかしそれは裏《うら》を返せば、愛着や信頼感《しんらいかん》を得《え》られない状況《じょうきょう》を是《ぜ》とするために、アンドロイド宣言《せんげん》をしたともとれる。

加えて理子が、ルーのことをアンドロイドではなく人間であると言《い》い張《は》った際《さい》、ルーは、「こまったな」と言って笑っていた。人間であれば、自由になれる。人間の命令に従《したが》ったり、自分を守ったりしなくていいと、アシモフのロボット三原則《さんげんそく》になぞらえて、笑っていた。ということは、ルーはアンドロイドでいることで、理不尽《りふじん》な人間の命令に従《したが》う自分を肯定《こうてい》し、助けたくない人間を助け、そしてもしかすると、自分の命をないがしろにしたいという気持ちから、自分の心を遠ざけていたのかもしれない。

ルーはあの時、丑寅のフンを前にして、アンドロイドと人間のちがいは、「フンの始末をめんどうと思うかどうか」だと言っていたが、それはルーの近くの人間が、フンの始末をめんどうに思う姿《すがた》を見ていたからなのかもしれない。たとえばルーが幼《おさな》かったころ、ルー自身の排泄物《はいせつぶつ》や、そのほか人間が生きる際《さい》に生じる人間の汚《よご》れのすべてを、嫌悪《けんお》されて育ったのかもしれない。

そして給食のない夏休みに、空腹《くうふく》と戦いながら、そんなこれまでの自分と、これからの自分の生活について、ぼうっとひとり、思いを馳《は》せる時間が続いていたとしたら？　それは永遠《えいえん》のように長い時間だったにちがいない。その、とてもとても長い時間に押《お》しつぶされそうになった心はあせり、もしかすると本人も気づかないうちに、突拍子《とっぴょうし》もない場所へ雲隠《くもがく》れしてしまったのかもしれない。完全につぶされる前に、たとえば、二学期がはじまってすぐに、アンドロイド宣言《せんげん》をするという方法で。

ただ、それらはどれもすべて、理子《りこ》の想像《そうぞう》でしかない。理子はAI《エーアイ》ではないため、ルーの言葉を一字一句《いちじいっく》、正確《せいかく》に思い出せているわけではなかった。自分が描《えが》いたシナリオに合うように、意図せずとも記憶《きおく》を修正《しゅうせい》してしまっているかもしれない。ルーのかかえている問題は、まったくちがうことなのかもしれず、そして、もしなにか問題があったとして、ルーがそれについてどのように感じているのか、本当のところはルー以外の誰《だれ》にもわからない。人の心なんて誰《だれ》にもわからないのだと、そういえば錯《さく》もことあるごとに言っていた。

ただ、これまた錯の言うとおり、わからないからこそ心は、周囲《しゅうい》の人間がそこにあると信じ、心があるようにあつかうからこそ浮《う》きだってくるもので、そのことを思えば、ルーが人間なのかアンドロイドなのか、それはもはやどうでもいいことなのかもしれない。

これからもＡＩ《エーアイ》は進化を続け、人はロボットとともに生きていく。

その中で、錯が話した掃除《そうじ》ロボットのように「弱さ」をたずさえたロボットも生まれ、ロボットと人間は日常《にちじょう》生活の中で助け合うことで関係を深めていくようになるのかもしれない。その結果、人間とロボットの境目《さかいめ》はどんどんあいまいになっていくのかもしれない。ロボットが人間らしくなっていくのか、人間が機械化していくのか、その方向はわからない。ただ理子は、そのどちらであったとしても、決めていることがあった。

なにかを大切にできない自分よりも、なんでも大切にできる自分でいたいと、理子はあの日、ルーと別れてから、ずっと、ずっと思っていた。

そして秋が終わり、空気がすっかり冬に入れかわったころ。理子は、久《ひさ》しぶりに原田《はらだ》先生宅《たく》を訪《おとず》れた。原田先生夫妻《ふさい》に、クリスマスパーティーに招待《しょうたい》されたのだ。それで理子は、学校も冬休みに入ったその日、いつもよりほんの少しだけおしゃれをして、原田《はらだ》先生の家に向かった。理子《りこ》はまじめで、遅刻《ちこく》を心底嫌《きら》っているため、いちばんに着いた。ただもちろん、原田先生の家には、先に錯《さく》がいた。そのため理子は、パーティーの準備《じゅんび》をしていた原田先生夫妻《ふさい》に手伝《てつだ》いを申し出たが、丁重《ていちょう》に断《ことわ》られてしまい、意図があるのかないのか、錯の部屋《へや》へと追いやられた。それで理子は、錯に会うしかなくなった。

実は理子は、ルーの家へ行って以来、錯に会っていない。ルーの騒動《そうどう》の中で、理子もいろいろと感じることがあったがゆえに、少し錯と距離《きょり》をおきたいと思ったこともあったし、錯に会わないでいることで、自分の中の気持ちがどう変化するのか知りたいという気持ちもあった。ただ結局、この二か月の間の自分の気持ちについて、いまいち整理ができないままこの日を迎《むか》えてしまい、理子は気まずさをかかえたまま、錯の部屋《へや》に入った。

入った瞬間《しゅんかん》、理子はびくりとした。しばらく訪《おとず》れていないうちに、錯の部屋《へや》には等身大のブロック人形が四体できあがっており、錯の部屋《へや》は、大半がその人形にうめつくされて、とても圧迫感《あっぱくかん》のあるものになっていた。

理子はそのことに、なんと触《ふ》れるべきかまよってだまってしまい、そして錯は今日《きょう》も、その人形たちの間でなにかをつくっていて、理子が登場してもなにも言わなかった。それで理子も、こちらから気をつかって言葉を選んでやるものかと口をつぐみかけたが、部屋《へや》に鳴《な》り響《ひび》いている音の正体に気がついた時、そのつまらない意地は手放した。

「丑寅《うしとら》」

それはモーター音ではなく、丑寅のまわす回し車の音だった。

理子は、丑寅にそっと近づく。丑寅はもう、あのケージには入っていなかった。脱走可《だっそうか》能《のう》な檻《おり》タイプではなく、錯が手作りしたと思われる、ブロック製《せい》の家に住んでいた。前方は透明《とうめい》な部品で中が見えるようになっており、土台はカラフルなブロックの集合体。しかしもちろん、丑寅が生活するスペースには、おがくずが敷《し》きつめられ、ブロックをかじらないよう工夫《くふう》がなされている。安心して身を隠《かく》すことができそうな家、きちんと補充《ほじゅう》されている清潔《せいけつ》な水、回し車やはしご、トンネルもある。そして家の横には、ペットフードの袋《ふくろ》以外にも何種類か、小動物用のおやつの袋《ふくろ》がおかれていた。

理子には丑寅の気持ちはもちろんわからず、錯が丑寅にどんな思いで接《せっ》しているのかもわからなかったが、丑寅《うしとら》が暮《く》らすその一角を一目見ただけで、錯が丑寅を、錯《さく》のせいいっぱいで大切にしていることがわかった。それで理子《りこ》が、しばらくの間、悪気なく無言で丑寅の愛らしい生活ぶりをながめていると、やがてぽつりと声がした。

「もう来ないのかと思った」

錯の、初めて聞く種類の声に、理子は思わずおどろいてふりかえる。

見れば錯は顔を上げておらず、作業する手も止めていない。しかし、その横顔はいつもよりもどこか、いじけているように見えた。

それで理子は、思ったよりもすんなりと返事をする。

「うん。私《わたし》もうこのまま来なくなるかもって思った」

「俺《おれ》のこと、嫌《きら》いになったから？」

「……私《わたし》とか全《ぜん》が、どれだけ口で錯のこと嫌《きら》いって言っても、本当はちがうって、あんたにはわかるんじゃなかったっけ？　嘘吹《うそふ》きの力とやらで」

「うん。そう思ってたけど、なんか今回こそはもうダメなのかと思った」

それで理子はため息をつく。そして、ずっと気になっていたことをたずねた。

「ねえ、錯。あの時、なんで私《わたし》にあの嘘《うそ》のチャットＡＩ《エーアイ》のリンクわたしたの？　鞠奈《まりな》から直接《ちょくせつ》相談されてたなら、鞠奈に直接《ちょくせつ》送ればよかったじゃない」

　すると錯は、やはり顔を上げずに答える。

「だって、理子、ルーに鞠奈ちゃんとられてずっと寂《さび》しそうだったから、俺《おれ》と鞠奈ちゃんだけでことを進めたら、また悲しむと思った。でも、ルーのことをしゃべらないでおきたいっていう鞠奈ちゃんの気持ちもわかったから、ああいう中途半端《ちゅうとはんぱ》な巻《ま》きこみ方した。でも、それもまちがった判断《はんだん》だったかも。今回は、本当は理子の正義《せいぎ》の力が、最初からずっと必要だったのかもしれない」

「……それはまあ、結果論《けっかろん》でしょ。でも、あれから私《わたし》も調べたけど、今度からちょっとでも似《に》たようなケースがあったら、すぐに誰《だれ》か大人《おとな》に報告《ほうこく》しなきゃダメだからね。報告《ほうこく》することは『義務《ぎむ》』って、ちゃんと厚労省《こうろうしょう》のホームページに書いてあったから」

「うん」

「あと、私《わたし》と全があんたのこと、本当は嫌《きら》ってないってあんたがわかるの、別に嘘《うそ》吹《ふ》きの力のおかげじゃないからね？　見えない言葉のゆらぎを感じ取る、だっけ？　あのね、そんな力、誰《だれ》にでもあるから。空気読むとか、顔色うかがうとか、心をおしはかるとか、そういう力がある人間はいっぱいいて、別にあんただけが特別なわけじゃないから」

すると錯《さく》が、やっと顔を上げる。二か月ぶりに、錯と理子《りこ》の目が合った。そして、少しおどろいたように目を見ひらいていた錯は、そこでめずらしくすなおな笑顔《えがお》を見せる。

「そうそう。俺《おれ》、理子のそういうところが好き」

と、そう言って笑った。とたん、理子の体の中を、ネズミのようなむずがゆさが走りぬける。ほかにも山ほど聞きたいことや言いたいことがあったはずなのに、体の中のその赤いネズミがすべてを蹴ちらしてしまった。そしてネズミは、理子の口から飛び出ていく。

「あのね！　人間はそんな面と向かってすぐ、好き好き言わないの！」

「え、主語、大きすぎない？　理子だけでしょ」

「そんなことない。あんたは、もっと私《わたし》と原田《はらだ》先生以外の人間ともしゃべんなさい。顔上げて、手作業やめて、ちゃんと人の目を見て……」

と、理子がぎゃあぎゃあとわめいていると、錯が立ち上がる。

「うん、大丈夫《だいじょうぶ》。この二か月、こいつらとだいぶ練習したんだ。俺《おれ》、もう三人以上で顔上げて会話しても、倒《たお》れないよ。ルーも三学期から、学校もどってくるし、そのどさくさにあやかって、俺《おれ》も行ってみようと思ってるんだよね、学校。あ、あと、これ、ついでにつくったから、理子にあげる。クリスマスプレゼント」

こいつら、と差したのはおそらく、錯のかたわらにそびえたっているブロック人形たちのことだろう。と、理子の頭が理解《りかい》したところで、錯が急に、今、つくっていたらしい小さなにかを、理子に投げてわたす。理子は、それを反射的《はんしゃてき》に受け取る。見てみると、それは赤いブロックに、シンプルなプッシュボタンのみがついたキーホルダーだった。

「……なにこれ？」

ありがとう、よりも先にそうたずねてしまう自分のかわいげのなさを呪《のろ》いながら、理子は錯を見やる。すると錯は、いつもどおりのすました顔で言った。

「理子専用《せんよう》の防犯《ぼうはん》ブザー。理子、よく怒《おこ》って突《つ》っ走《ぱし》って、危《あぶ》ないことに首も足もつっこむでしょ。だからこれから、そういうピンチの時があったら、それ、押《お》して。そしたら、俺《おれ》のスマホに通知が来るようになってるから。あ、別に持ってるだけで位置情報《じょうほう》、俺《おれ》にもれるとか、俺《おれ》が盗聴《とうちょう》してるとかはないからね。まあ心配なら捨《す》てといて」

「……これ、押《お》したら、錯《さく》が来るの？　助けに？」

「うん」

「……なにもない時に押《お》したら？　ただ、会いたい、とかで」

「ん、行くよ」

その時だった。ピンポーンと、原田先生宅《はらだ　たく》のインターホンの音が鳴り、錯がぱっと顔を輝《かがや》かせて、とびらの方を見やる。

「お、ルーかな、鞠奈《まりな》ちゃんかな。全《ぜん》だったりして。理子《りこ》、見てて、俺《おれ》の練習の成果。あ、でもそれ、理子のぶんしかないから、ほかのみんなには、ないしょ……」

しかし、そう言いながら錯がふたたび理子に視線《しせん》をもどすと、錯は一瞬《いっしゅん》おどろいたように表情《ひょうじょう》を止め、言葉じりを見失う。しかし、すぐにぷはっと笑うと、うなずいた。

「うん。理子にはやっぱ、赤が似合《にあ》うね」

錯のその言葉が、理子が本日のクリスマスパーティーに合わせて着てきた赤いワンピースに向けられたものだったのか、理子がぎゅっとにぎりしめていた錯お手製《てせい》キーホルダーに向けられたものだったのか、理子にはわからない。

人の心は、錯の心は、いつだってちっともわからない。

ただもしかすると、錯のその言葉は、その時、真っ赤《まっか》になっていた理子のほおに対して向けられた言葉だったのかも、しれなかった。

YOU《ユー》
あなたは、誰《だれ》ですか。

AI《エーアイ》
私《わたし》は、ワードリバー社が開発した、チャット型《がた》AI《エーアイ》です。質問《しつもん》をしていただければ、私《わたし》に蓄積《ちくせき》されているさまざまな情報《じょうほう》から、あなたに必要と思われる情報《じょうほう》をお届《とど》けします。なにかお手伝《てつだ》いできることはありますか。

YOU《ユー》
この世から嘘《うそ》をなくす方法を教えてください。

AI《エーアイ》
人間社会から嘘《うそ》をなくす方法については、以下のアプローチが考えられます。

1. 格差《かくさ》社会の是正《ぜせい》。嘘《うそ》は金策《きんさく》目的でよく使われるため、貧富《ひんぷ》の差をなくし、皆《みな》が余裕《よゆう》のある生活を送れる環境《かんきょう》になれば嘘《うそ》が減少《げんしょう》する可能性《かのうせい》があります。
2. 幼児《ようじ》教育への注力。幼少期《ようしょうき》より、嘘《うそ》は絶対悪《ぜったいあく》だと徹底的《てっていてき》に教えこむことで嘘《うそ》をつく人間が減少《げんしょう》する可能性《かのうせい》があります。
3. 嘘《うそ》という概念《がいねん》の廃止《はいし》。嘘《うそ》という言葉の定義《ていぎ》を見直し、人や社会に有益《ゆうえき》な嘘《うそ》は、「創作物《そうさくぶつ》」と定義《ていぎ》すれば、結果的に嘘《うそ》は消滅《しょうめつ》します。

以上が、嘘《うそ》をなくす方法として考えられますが、嘘《うそ》は人類史《じんるいし》に密接《みっせつ》に関わってお